품격을 높이는
말의 기술

품격을 높이는 말의 기술

후지요시 유타카 | 오가와 마리코 지음 | 최화연 옮김

북스힐

| 들어가는 말 |

이 책은 말하는 법(대화법)에 관한 명저 100권의 핵심을 모아 정리한 것이다.

앞서 펴낸 『결국은 문장력이다』에서는 '글쓰기'와 '문장을 통한 커뮤니케이션'을 다루었는데, **이 책에서는 '말하기'와 '대화를 통한 커뮤니케이션' 전문가가 공통적으로 제시하는 노하우를 뽑아 순위를 매겼다.**

필자들은 말하는 법에 관한 명저 100권을 정독하며, 독특한 화술이 인상적인 유명 경영자, 많은 사람에게 신뢰와 호감을 얻는 비즈니스맨, 알기 쉽게 해설하기로 잘 알려진 저널리스트, 인기 있는 유튜버 등을 통해 '말 잘하는 사람의 기본 테크닉이 크게 다르지 않다'는 사실을 발견했다.

이 책에서는 전문가들의 공통 노하우를 독자들이 실제로 활용하기 쉬운 형태로 소개하려 한다.

순위 결정 방법

말하기 전문가가 중요하게 여기는 공통 노하우를 수집하기 위해 다음과 같은 순서를 따랐다.

▶▶ '대화법', '의사전달법'을 주제로 한 책 '100권' 구입하기

일상 대화, 비즈니스 대화, 잡담, 프레젠테이션, 대화 관련 베스트셀러와 스테디셀러 중에서 100권을 선정해 구입한다. 선정 기준은 254쪽에서 소개한다.

▶▶ 어떤 책에 어떤 노하우가 담겨 있는지 파헤치기

책을 꼼꼼히 읽으면서 '중요하다'고 소개하는 노하우를 찾아낸다.

▶▶ 공통 노하우를 목록으로 만들기

찾아낸 노하우를 '비슷한 내용'끼리 묶고, 몇 권의 책에 그 노하우가 실려 있는지 세어본다. 이를테면 다음과 같다.

- '대화 중 시선의 위치'에 대해 다룬 책은 ○권
- '말에 쉼표를 두는 방법'에 대해 다룬 책은 ○권
- '잡담의 적절한 주제'에 대해 다룬 책은 ○권
- '질문하는 방법'에 대해 다룬 책은 ○권

▶▶ 노하우에 순위 매기기

각 노하우를 다룬 책의 권 수에 따라 순위를 매긴다. 해당 노하우를 다룬 책이 많을수록 중요도가 높다.

이러한 기준에 따라 순위를 결정했다.

'대화법 · 의사전달법' 베스트 40

모든 사람에게 유용한 기본 법칙 7가지

1위 상대 중심으로 대화하기
2위 말하는 순서를 잘 활용해 깊은 인상 남기기
3위 완급 조절하며 말하기
4위 좋은 질문으로 이야기 끌어내기
5위 단골 소재로 막힘없이 잡담하기
6위 칭찬으로 대화를 매끄럽게 이끌어가기
7위 상대의 눈을 보면서 말하기

'대화력 · 전달력'을 한 단계 끌어 올리는 비법 13가지

8위 구체적으로 말하기
9위 '맞장구'와 '끄덕임'으로 공감 표현하기
10위 사과를 먼저 하고, 변명은 나중에 하기
11위 짧게 말하기
12위 웃는 얼굴로 대화하기
13위 혼내는 것과 화내는 것 구별하기
14위 윗사람과 예의 있게 대화하기
15위 간단하고 쉬운 표현으로 말하기
16위 험담은 하지도, 듣지도, 전하지도 않기
17위 손짓과 몸짓 활용하기
18위 상대의 말을 끊지 않기
19위 요점을 간단하고 명료하게 전하기
20위 대화와 발표에서 시작에 신경 쓰기

신뢰와 호감을 얻는 커뮤니케이션 비결 20가지

21위 스피치하기 전에 철저히 준비하기
22위 인사로 훌륭한 인간관계 시작하기
23위 연습으로 대화 능력 키우기
24위 이해하기 쉽게 비유와 예시 활용하기
25위 자신을 먼저 오픈하기
26위 요구 밀어붙이지 않기
27위 '미안합니다'보다 '감사합니다' 사용하기
28위 어휘력을 늘려 전달력 향상시키기
29위 긍정적인 표현 사용하기
30위 입장이 다른 사람에게는 확실히 경의 표하기
31위 '철저한 준비'와 '큰 목소리'로 긴장 극복하기
32위 좋은 자세로 말하기
33위 키워드 메모하기
34위 상대 이름을 정확히 기억하기
35위 웃는 얼굴로 전화하기
36위 중요한 내용 반복하기
37위 상대에 따라 적정한 거리와 위치 고려하기
38위 마무리 대화에서 좋은 인상 남기기
39위 명확하고 분명하게 거절하기
40위 '음', '아' 없애기

✓ 순위 활용법과 책의 구성

100권에서 뽑아낸 40가지 항목을 이 책에서는 세 개의 장으로 나누었다.

▶▶ 1~7위(→ PART 1)

많은 책에서 '중요하다'고 언급한 7가지 노하우다. 상대와 어떤 관계든, 누구에게나 유용하고 필요한 기본 법칙이다.

7가지 노하우만 의식하면 어떤 상황에서든 다음과 같은 효과를 기대할 수 있다.

- **내 말을 쉽고 정확하게 전달할 수 있다.**
- **상대의 말을 정확하게 이해할 수 있다.**
- **대화 상대와 좋은 관계를 유지할 수 있다.**

▶▶ 8~20위(→ PART 2)

'1위부터 7위까지' 익힌 뒤, 스킬을 한 단계 높여 한층 세련된 대화를 하는 데 필요한 노하우다.

▶▶ 21~40위(→ PART 3)

전문가에게도 쉽지 않고 전문가끼리도 의견이 나뉘는 노하우다. '20위까지' 충분히 소화한 다음에 적용해보기 바란다.

최대한 저자들의 주관을 배제하고 100권에 쓰여 있는 공통 노하우를 객관적으로 뽑아, 항목과 요점을 간추린 뒤 '중요도 순'으로 정리했다.

항목마다 완결된 형식으로 구성되어 있어, 어느 부분부터 읽기 시작하든 포인트를 체계적으로 파악할 수 있다.

키워드 '공통 노하우'란?

앞서 설명했듯이, 여러 권의 책에서 소개된 공통 노하우와 법칙, 비결에 주목해 새롭게 정리했다. 예를 들어, '상대의 눈을 보면서 말한다'라는 노하우가 여러 권에 쓰여 있다면 그것은 여러 전문가가 인정한 '공통 노하우'라고 할 수 있다.

여러 권의 책에서 같은 노하우를 다루는 것은 그만큼 중요하기 때문이다.

100권 가운데 한 권에만 소개되었다면, 그것은 저자의 독자적인 노하우이거나 그 책의 저자는 중요하다고 생각하지만 다른 저자는 중시하지 않는 노하우일 가능성이 크다.

반면에, 100권 중 70권에서 다룬 노하우는 중요도가 매우 높다고 할 수 있다.

한 번밖에 소개되지 않은 노하우보다는 많은 책에서 언급된 노하우를 먼저 파악하는 편이 말하기 능력을 키우는 데 더 효과적이다. 또 센스나 재능의 유무와 관계없이 공통 노하우를 염두에 두면 누구나 말하는 힘을 갈고 닦을 수 있다.

기대되는 9가지 효과

① 긴장하지 않고 자신 있게 말한다.

② 말하고자 하는 의미를 정확하게 전달한다.

③ 상대가 말하고자 하는 뜻을 정확히 이해한다.

④ 어떤 상대와도 자연스럽게 대화한다.

⑤ 듣는 사람이 불쾌하지 않게 말할 수 있다.

⑥ 무슨 말을 해야 할지 모르겠다는 고민이 사라진다.

⑦ 듣는 사람의 마음을 움직이는 강연, 발표가 가능하다.

⑧ 다른 사람의 호감을 얻는 대화술을 익히게 된다.

⑨ 휴대용 스킬을 지니게 된다.

⑨의 휴대용 스킬이란 '늘 몸에 지니는 스킬'을 말한다. 업종과 직종 구분 없이 어디서든 활용할 수 있다.

말하는 힘은 거의 모든 사람에게 필요한 '휴대용 스킬'이다. 시대와 환경의 변화에 좌우되지 않고, 언제 어디서 어떤 일을 하든 유용한 능력이다.

말하는 힘을 기르면 경력 개발에도 보탬이 된다.

대상 독자

직업·나이·목적을 한정 짓지 않고 가능한 한 많은 사람이 말하는 힘을 기르는 데 도움이 되도록 구성했다. 따라서 실생활에서 활용도가 높고 누구나 쉽게 따라 할 수 있는 노하우가 가득하다.

- **보고, 연락, 협상, 프레젠테이션, 전화상 업무 등 '말하는 기술'이 필요한 회사원.**
- **세미나 강사, 교사, 강연자, 아나운서, 사회자, 해설가 등 사람들 앞에서 말하는 직업을 가진 사람.**
- **친구, 가족, 친척, 동료, 상사와 부하, 거래처, 학부모, 이웃 등과 더욱 원활한 커뮤니케이션을 원하는 사람.**
- **유튜버 혹은 인터넷을 이용해 개인 방송을 하고 있거나 희망하는 사람.**
- **논문·리포트 등 구두 발표가 많은 학생.**
- **입학·취업 시 면접 실력을 키우고 싶은 학생이나 취업준비생.**

'대화법 관련 서적이 너무 많아서 어떤 걸 읽어야 할지 모르겠다.'

'다양한 책을 읽어봤지만 저자의 개성이 너무 강해 실제로 적용하기가 어렵다.'

'사람들 앞에서 말하는 데 부담을 느껴 대화법을 기초부터 배우고 싶다.'

'말하기의 기초를 확실하게 다지고 싶다.'

'현재 내가 말하는 방식이 적절한지 확인하고 싶다.'

이런 고민과 바람을 가진 분들에게 도움이 되기를 바란다.

–후지요시 유타카, 오가와 마리코

| 차 례 |

PART 2 100권에서 찾아낸 말 잘하는 사람의 공통점 13가지 <8~20위>

PART 3 커뮤니케이션 능력을 더욱 강화하는 비결 20가지 <21~40위>

PART

1

100권의 명저에서 배우는 진짜 중요한 법칙 7가지

<1-7위>

1위

상대 중심으로 대화하기

POINT
1. 말하기보다 듣기가 더 중요하다.
2. 상대의 의견을 부정하지 않는다.
3. 상대가 바라는 말을 한다.

1위는 '상대 중심으로 대화하기'이다.

대화법을 다룬 베스트셀러 100권 중 70권에서 '상대(듣는 사람) 중심으로 대화하기'를 언급한다.

상대 중심으로 대화하기란 **'상대의 이야기를 경청하고 상대가 듣고 싶은 말을 하는 것'**을 의미한다.

- **화제를 늘 상대 쪽에서 찾는다.**
- **대화에서 자기가 우위에 서려 하지 않는다.**
- **상대 입장에서 말한다.**

• **상대에 맞춰 임기응변으로 대응한다.**

상당수 전문가가 상대를 대화의 주인공으로 만드는 것이 중요하다고 설명한다.

대화에는 반드시 상대가 존재한다. '상대가 어떻게 생각할지' 고려하지 않은 채, 일방적으로 자기 이야기만 하면 대화가 제대로 이루어지지 않는다.

상대를 주인공으로 만들면 자기 본위나 독선적으로 흘러가지 않고 대화가 자연스레 무르익는다.

전문가가 지적하는 '미움받는 대화'의 특징

- 상대의 말을 부정한다(자기 의견을 밀어붙인다).
- 자기 이야기(상대가 관심 없는 이야기)만 한다.
- 가르치려는 태도로 조언한다.
- 상대의 이해도를 무시한다.

야후!아카데미아 학장이자 무사시노 대학 앙트러프러너십(entrepreneurship) 학부장인 이토 요이치는 저서에서 **"'상대에게 전하고 싶다'는 관점('주관적 자신'이라 칭함)만 있으면 상대의 기분을 이해하지 못한다. 결과적으로 자기 이야기가 상대에게 전해지지 않는다"**라며 상대 관점에서 바라보기의 필요성을 강조한다(『1분 전달력』, 움직이는서재, 2018).

1. 말하기보다 듣기가 더 중요하다

'말 잘하는 사람은 잘 듣는 사람'이라는 말도 있듯이, 말을 잘하는 사람은 **'다른 사람의 이야기 듣기'**와 **'상대가 많이 말하게 하기'**를 늘 마음에 새겨두고 있다.

말하기보다 듣기를 중시하는 이유는 크게 3가지다.

▶▶ 사람은 '자기 이야기를 들어주는 사람'을 좋아한다

사람은 대부분 '자기 이야기를 들어주는 사람'에게 호감을 느낀다. **'이야기를 들어주는 사람'은 곧 '자신이 중요한 존재라고 느끼게 해주는 사람'**이기 때문이다.

누구나 '소중한 존재로 여겨지고 싶다'거나 '인정받고 싶다'는 욕구가 있다.

저널리스트 이케가미 아키라는 듣기의 중요성을 다음과 같이 소개한다.

"자기 이야기를 들어줄 때 사람은 기쁨을 느낀다. 하물며 처음 만난 사람이 자기 이야기를 열심히 들어주면 감동한다. 이야기를 들어주는 상대에게는 친밀감을 느끼고 호감이 생긴다."(『단박에 통하는 전달의 힘』, 한언, 2008)

작가이자 심리상담사인 이오타 다쓰나리도 **"듣기만 해도 모두에게 호감을 얻는다"**, **"듣고만 있어도 신기하게 '저 사람과 말이 잘**

통한다', '이야기하기 편하다', 더 나아가 '재미있는 사람'으로 여겨진 다"라고 서술한다(『말투 때문에 말투 덕분에』, 포레스트북스, 2019).

상대 이야기에 관심을 가지고 들으면 신뢰를 얻을 수 있다.

▶▶ 지식과 견해가 넓어진다

'내 이야기만 하고 남의 이야기를 듣지 않는 사람'에게는 새로운 정보가 들어오지 않는다. 상대의 이야기를 듣는 것은 자신의 지식을 넓히는 기회이기도 하다.

전문가의 의견을 종합할 때, 좋은 대화란 **말하기(자기 이야기) 20~30퍼센트와 듣기(상대의 이야기) 70~80퍼센트**라고 할 수 있다.

▶▶ 상대가 원하는 것을 파악할 수 있다

비즈니스에서는 상대가 무엇을 원하는지 파악하고, 그것을 충족시키는 제안을 해야 한다. 이런 것을 전혀 고려하지 않은 채, 상품의 특징만 일방적으로 설명하면 계약이 좀처럼 성사되지 않을 것이다.

그렇다면 상대가 원하는 것을 어떤 식으로 파악하면 좋을까?

상대가 무엇을 원하는지 알아내기 위해서는 '적극적 듣기'를 몸에 익히고 '말하기보다 듣기'를 의식하는 것이 가장 효과적이다.

적극적 듣기의 6가지 포인트

적극적 듣기는 미국의 임상심리학자 칼 로저스 박사가 1957년에 제창한 듣기 방법이다. 흔히 '경청'이라고 한다. 적극적 듣기를 하면, 가만히 듣기만 할 때보다 **'당신의 이야기에 관심이 있다', '당신의 이야기를 진지하게 듣고 있다'**라는 자세를 분명하게 보여줄 수 있다.

야후의 경영자 혼마 고스케는 '원 온 원 미팅(1 on 1 meeting, 상사와 부하가 1대 1로 진행하는 대화)'의 대표적 기술로 적극적 듣기를 꼽았다.

"적극적 듣기에서 흥미로운 부분은, 듣는 사람은 그저 말을 그대로 따라 한 것뿐인데, 말하는 사람은 그런 식으로 느끼지 않는다는 점이다. 대부분 '진지하게 이야기를 들어주었다'고 생각한다."(『야후의 1 on 1(ヤフーの1on1)』)

적극적 듣기의 6가지 포인트

(1) 끄덕이기 / 맞장구치기(9위에서 설명)

"그렇구나!", "좋네요!", "맞아요!"

(2) 눈 바라보기(7위에서 설명)

(3) 반복하기/따라서 말하기(상대의 말 반복)

"역시나 ○○인가요?", "그래요, ○○지요."

(4) 다른 표현으로 바꿔 말하기

"다시 말하면, ○○인 거네요."

(5) 질문하기(4위에서 설명)

"잘 알겠습니다. 그러면 이것에 대해서는 어떻게 생각하시나요?"

"그렇군요. 그렇다면 이건 어떻게 생각하면 좋을까요?"

(6) 메모하기

2. 상대의 의견을 부정하지 않는다

상대와 의견이 달라도 '당신은 틀렸다', '그건 아니다'라고 곧바로 부정하지 않는다. '그건 아니다'라고 일방적으로 단정하면 상대가 불쾌하게 느낀다.

'상대의 의견을 부정하지 않기'는 상대의 의견에 영합하거나 자기 의견을 버리라는 의미가 아니다. **자기 생각과 의견을 상대에게 전달하는 것 또한 중요하다**(반론하는 방법은 14위에서 설명).

대화법에 관한 명저 70권을 참고해 '상대에게 불쾌감을 주지 않고 자기 의견을 전달하는 방법'을 다음과 같이 정리했다.

자기 의견을 전달하는 4단계

① 상대의 이야기를 전부 듣는다.

↓

② 그런 생각을 한 이유를 듣는다.

↓

③ 상대의 의견을 받아들인다(상대의 말을 이해했음을 표현한다).

↓

④ 자기 의견을 이야기한다(단, 단언하거나 단정하지 않는다).

카운슬러 오노 모에코도 반대 의견을 전하는 방법에 대해 다음과 같이 조언한다.

"우선 상대의 말을 받아들인다. '그렇게 생각하는구나'라고 인정한 다음 자기 의견을 이야기한다. 그런 자세를 보이면 설령 부정적인 의견이라도 상대가 거부감 없이 귀 기울일 확률이 커진다."(『바꾸어 말하기』, 새로운제안, 2022)

×나쁜 예

상대 "비용을 줄이려면 A안보다 B안이 나을 것 같습니다."

나 "그 반대 아닌가요? B안은 말도 안 됩니다. 당연히 B안은 어림도 없죠. A안 외에는 고려할 수 없습니다."

O 좋은 예

상대 "비용을 줄이려면 A안보다 B안이 나을 것 같습니다."

나 "그렇군요. 그런데 왜 B안이 낫다고 생각하셨는지 이유를 여쭤봐도 될까요?"(받아들인다/이유를 묻는다)

상대 "○○○이기 때문입니다."

나 "알겠습니다. 그렇게 생각하실 수도 있겠네요. 그런데 B안의 경우에는 시행하기까지 다소 시간이 걸립니다. A안으로 진행할 때 더 빠른 효과를 기대할 수 있을 것 같은데 어떠신가요?"(받아들인다/자기 의견을 말한다)

나쁜 예에서는 상대의 의견을 정면으로 부정하고 자기 의견을 내세운다. 이러한 방식은 상대의 반감과 반발을 부를 뿐이다.

좋은 예에서는 "당신의 생각을 이해했습니다", "당신이 말하려는 바를 잘 알겠습니다"라고 공감을 보인 뒤, "다만 나는 이렇게 생각하는데 당신은 어떠신가요?"라고 질문하는 형태로 자기 의견을 전달하고 있다.

반대 의견을 이야기할 때 '그러나'가 아니라 '다만'을 사용하면 부정의 뉘앙스가 약해져 상대가 받아들일 때 저항감이 훨씬 줄어든다.

3. 상대가 바라는 말을 한다

내가 하고 싶은 말은 미뤄두고, 상대가 듣고 싶어 하는 이야기나 상대가 하고 싶어 하는 이야기를 먼저 화제로 삼는다.

'전달력이 좋은 말하기 전문가' 기류 미노루는 **"① 상대가 하고 싶은 말 ② 상대가 듣고 싶은 말을 화제로 삼으면 대화가 훨씬 자연스럽게 이어진다"**라고 서술한다(『상대의 마음을 얻는 일류 대화법』, 산솔미디어, 2021).

기업가이자 사업지원가인 나가마쓰 시게히사도 저서에서 호감을 얻는 말하기 비결로 '상대가 원하는 이야기를 한다'는 점을 꼽았다.

"'상대에게 도움이 되고 싶다'는 마음으로 이야기하다 보면 그런 마음이 자연스레 전해져 상대도 진지하게 당신의 말에 귀를 기울인다. 늘 '내가 하고 싶은 말이 아니라 상대가 듣고 싶은 말'을 하도록 의식해야 한다."(『말버릇을 바꾸니 운이 트이기 시작했다』, 갈매나무, 2020)

내가 하고 싶은 말만 하면 대화가 끊길 수도 있고 오해나 마찰이 생기기 쉽다. 자기 상황보다 상대의 입장을 충분히 고려하면 훨씬 더 기분 좋게 대화를 나눌 수 있다.

2위

말하는 순서를 잘 활용해 깊은 인상 남기기

POINT
1. 결론을 먼저 말한다.
2. 결론 → 설명의 '역삼각형' 구조가 기본이다.
3. 설득력을 높일 때는 'PREP형'으로 말한다.

2위는 '말하는 순서를 잘 활용해 깊은 인상 남기기'이다. 요점이 잘 전달되는 말의 '형식'에 관한 내용이다.

형식이란 **'이야기를 시작할 때부터 끝낼 때까지의 구성' 순서**를 뜻한다.

형식을 갖춰 말할 때 장점을 크게 5가지로 정리할 수 있다.

'형식'을 갖춘 말하기의 장점

① 어떤 순서로 이야기할지 고민할 필요 없이 어떤 내용에나 적용할 수 있다.

② 결론(무엇에 관한 이야기인지)이 정확하게 전달된다.

③ 근거와 이유가 명확해진다.

④ 이야기를 논리적으로 견고하게 전개할 수 있다.

⑤ 전하려는 정보를 빠뜨리지 않는다.

상당수 말하기 전문가가 "말의 내용만큼이나 말의 순서가 중요하다", "말의 순서를 바꾸면 요점을 한층 효과적으로 전달할 수 있다"라고 강조한다.

다도가 시오쓰키 야에코는 말하는 순서의 중요성에 대해 다음과 같이 서술한다.

"순서를 고려하지 않고 그때그때 생각나는 대로 이야기를 진행하면 듣는 사람은 목적지도 모른 채 여정에 끌려가는 느낌을 받는다. 언제 탈선할지 몰라 불안한 열차를 탄 것처럼 조마조마하다. 말하는 사람은 이야기가 어떻게 흘러갈지 미리 알고 있어야 한다."(『품위 있게 말하는 법(上品な話し方)』)

『말이 무기다』(비즈니스북스, 2017)를 쓴 우메다 사토시는 **"이야기의 형태를 파악하고 있다는 것은 자기가 가려는 목적지까지 최단거리로 갈 수 있다는 뜻이다"**라고 말하며, 이야기의 전체적 형태를 파악하는 것의 중요성을 강조한다.

전문가들이 활용하는 말하기 형식은 다음과 같다.

전문가의 말하기 형식

(1) 역삼각형 구조 … '결론 → 설명'

결론을 먼저 말한다.

(2) PREP형 … '결론 → 이유 → 구체적 사례 → 결론'

결론을 말한 뒤, 결론에 이르게 된 이유와 구체적 사례를 제시하고, 마지막에 한 번 더 결론을 강조한다.

1. '결론'을 먼저 말한다

역삼각형과 PREP형 모두 '결론을 먼저 말하는 형식'이다.

결론은 **'가장 전달하고 싶은 메시지', '상대가 가장 알고 싶어 하는 내용'**이다. 따라서 결론을 먼저 말하면 **듣는 사람은 이야기의 목적과 주제(무엇을 이야기하려는지)를 파악한 상태에서 듣기 때문에 이해도가 높아진다.**

결론을 먼저 전달하는 방식을 활용하면 다음과 같은 장점이 있다.

결론부터 말하기의 장점 6가지

(1) '무엇에 관한 이야기'인지 분명하게 전달된다.

(2) '내가 하고 싶은 말'과 '상대가 듣고 싶은 말'이 명확해진다.

(3) 시간이 부족해 도중에 이야기가 끊기더라도 요점은 전달된다.

(4) '가장 중요한 정보'를 먼저 말하면 무슨 말로 이야기를 시작할지 (이야기의 도입부) 고민할 필요가 없다.

(5) 듣는 사람의 관심을 유발해 집중도를 높인다(이야기를 끝까지 듣게 한다).

(6) 짧은 시간에 필요한 정보를 전달할 수 있다.

사회심리학자 시부야 쇼조는 '결론부터 제시해 흥미를 끄는' 기술을 소개한다.

"'사실 제가 좋아하는 사람이 생겼어요'처럼 결론을 먼저 꺼내놓으면 듣는 사람은 '정말? 어떤 사람이야? 언제 어디서 만났어?'라며 이야기에 빠져들 수밖에 없다."(『사소하지만 강력한 말의 기술』, 나무생각, 2021)

2. 결론 → 설명의 '역삼각형' 구조가 기본이다

역삼각형 구조로 말하기는 먼저 결론을 말한 뒤 결론에 이르기까지 경위와 이유, 근거, 보충 사항을 설명하는 방식이다.

이야기가 진행될수록 중요도가 낮아져 '역삼각형 구조'라고 부른다.

×나쁜 예 설명 → 결론

듣는 사람 "다음 주 월요일에 친목회가 있는데, 참석하실 수 있나요?"

말하는 사람 "지난번 친목회 때 엄청 재밌었다면서요. 다음 주 월요일요? 다음 주 월요일은 오전에 사내 회의가 있고 오후에는 거래처 미팅이 있습니다. 오후 5시에 회사로 돌아오는데, 그 후에도 다음 날 업무를 준비해야 합니다. 그날은 종일 일정이 잡혀 있어 **친목회에 참석하기 어렵겠네요**. 다음에는 꼭 참석하겠습니다."

○좋은 예 결론 → 설명

듣는 사람 "다음 주 월요일에 친목회가 있는데, 참석하실 수 있나요?"

말하는 사람 "아쉽지만, 참석하기 어렵겠네요. 다음 주 월요일에는 온종일 일정이 잡혀 있어서요……. 다음에는 꼭 참석하겠습니다."

듣는 사람(질문자)이 알고 싶은 정보는 친목회 참석 여부다.

나쁜 예에서는 결론보다 이유를 먼저 장황하게 설명한다. 서론이 길어 좀처럼 결론이 나지 않으니 듣는 사람은 답답할 수 있다.

좋은 예에서는 처음에 친목회 참석 여부를 분명하게 밝혀 **듣는 사람에게 스트레스를 주지 않는다.** 또 거절하는 말 앞에 '아쉽지만'

이라는 쿠션 표현(메시지를 정중하게 전달하기 위한 표현으로 14위에서 설명)을 덧붙여 **상대에 대한 배려를 보여준다.**

경영 컨설턴트 시라가타 도시로는 **"비즈니스에서 '결론부터 말하기'는 요점을 전달하는 데 효과적인 방식으로 장점이 무척 많다. '결론부터 말하자면'을 말버릇으로 만들어보라"**고 조언한다(『입사 1년 차 교과서』, 살림Biz, 2012).

3. 설득력을 높일 때는 'PREP형'으로 말한다

PREP형은 프레젠테이션, 보고, 연설, 면접 등 다양한 비즈니스 상황에서 활용할 수 있다. 결론을 먼저 밝힌다.

PREP 형식을 따르면 이야기가 논리적으로 전개된다. '논리적 전개'란 누구나 납득할 수 있도록 사실들을 쌓아가며 이야기를 풀어나가는 것이다.

PREP 형식의 4가지 요소

- P(Point) = 포인트, 결론
- R(Reason) = 이유
- E(Example) = 사례, 구체적 예시
- P(Point) = 포인트, 결론, 요약

역삼각형 구조의 '설명' 부분을 '이유'(근거)와 '구체적 사례'(실제로 무엇이 있었는지)로 나누어 제시하고, 마지막에 다시 한번 '결론'으로 매듭짓는다.

> ⦿ 역삼각형 … '결론 → 설명(→ 보충)'
> ⦿ PREP형 … '결론 → 설명(이유 → 구체적 사례) → 결론'

PREP형을 따르면 결론을 두 번 언급하기 때문에 역삼각형 구조보다 설득력이 더욱 높다.

예문

● 결론

오늘은 저축의 필요성에 관해 이야기하려 합니다. 저는 '저축이 필요하다'고 생각합니다.

● 이유

이유는 세 가지입니다. 첫째, 갑작스러운 지출에 대응할 수 있다. 둘째, 보험이나 투자와 달리 쉽게 시작할 수 있다. 셋째, 미래를 준비할 수 있다.

● 구체적 사례

코로나19의 영향으로 근무시간이 줄어든 사람이 많습니다. 저도 그 중 하나입니다. 그러나 월수입 3개월분의 저금이 있었기에 갑작스레

수입이 줄어도 다음 일을 준비할 수 있었습니다.
한 치 앞도 예측하기 어렵고 정부의 지원을 받기도 힘든 이때, 저축의 소중함을 더욱 실감하고 있습니다.

● 결론
갑작스러운 지출에 대비하기 위해서도 저축은 필요합니다. 월수입 3개월분 정도만 저금해두면 예기치 못한 상황에서도 융통성 있게 생활할 수 있지 않을까요.

"마지막에 한 번 더 결론을 말한다. 앞서 결론을 언급했으니 굳이 필요하지 않다고 생각할 수도 있으나, 결론 이후 근거와 추가 정보 설명이 길어지면 듣는 사람은 목적지를 잃어버리기 쉽다."(다나카 다가히코 지음, 『저, 죄송한데 무슨 말인지 모르겠어요』, 더퀘스트, 2020)

"구체적 사례나 경험담으로 이야기를 끝맺지 말고 다시 한번 명확하게 포인트를 반복한다. 이는 영업상 대화에서도 마찬가지다. 전달하고자 하는 포인트를 다시 짚어주는 수준이면 된다."(하코다 다다아키 지음, 『끌리는 사람들의 유쾌한 대화법』, 비즈로드, 2007)

PREP형은 듣는 사람의 이해와 동의를 끌어내는 데 효과적이어서, **상대가 의뢰나 제안을 받아들일 가능성이 커진다.**

3위

완급 조절하며 말하기

POINT	1. 목소리 크기와 높낮이에 변화를 준다.
	2. 청중 앞에서 천천히 말한다.
	3. 말에 쉼표를 만든다.
	4. 말끝을 분명하게 발음한다.

3위는 '완급 조절하며 말하기'이다.

말하기의 '완급 조절'은 **발성, 발음, 속도에 변화를 주는 것**을 의미한다.

많은 명저에 "완급을 조절하며 말하면 전달력이 더 높아진다"라고 언급되어 있다(100권 중 36권).

연설이나 발표, 회의 때 원고를 읽으면서 말하면 읽는 데만 집중해 어조가 단조롭고 딱딱해지기 쉽다. 억양 없이 밋밋하게 말하면 메시지가 전달되기 힘들뿐더러 부정적인 인상을 남긴다.

상황에 따라 말하는 방식에 변화를 주면 상대가 이야기의 키워드를 파악하는 데 도움이 된다.

다수의 말하기 전문가가 "같은 말이라도 발성을 달리하면 듣는 사람의 이해도가 달라진다"라고 지적한다.

"긴장감을 고조시키려면 말하는 속도를 서서히 올리고 짧게 끊어 말한다. 극적인 연출을 하고 싶으면 목소리 높이를 바꿔 말의 리듬이나 억양에 변화를 준다."(제레미 도노반 지음, 『TED 프레젠테이션 누군가의 앞에 서야 하는 모든 사람을 위한 책』, 인사이트앤뷰, 2012)

고대 로마 시대 최고의 연설가(대중 앞에서 자기 의견을 발언하는 자) 키케로는 연설 전문가와 아마추어의 차이점 중 하나로 '말의 리듬'을 들었다.

"아마추어는 (…) 호흡의 한계가 말의 범위를 결정짓지만, 연설 전문가는 (…) 일종의 리듬을 만들어가며 이야기한다."(『연설가에 대하여』, 민지사, 2013)

✓ '말의 완급 조절, 리듬 만들기'의 핵심 4가지

- 발성(강약, 높낮이)
- 속도
- 짧은 침묵
- 말의 어미

1. 목소리 크기와 높낮이에 변화를 준다

목소리 '크기'에 변화를 준다(강약, 볼륨)

애플의 창립자이자 프레젠테이션의 대가로 알려진 스티브 잡스는 목소리 크기를 정교하게 바꿔가며 이야기를 전개했다.

"잡스는 분위기를 고조시키기 위해 목소리 크기를 조절했다. (…) **클라이맥스를 향해 이야기가 무르익는 단계에서는 목소리를 작게 하고 마지막에 목소리를 키워 크게 발표하는 패턴을 자주 활용했다."** (카마인 갈로 지음, 『스티브 잡스 프레젠테이션의 비밀』, 알에이치코리아, 2010)

강조하고 싶은 부분에서는 목소리를 크게 높여 말한다. 어떤 말을 크게 하느냐에 따라 전달하고자 하는 메시지가 달라진다.

예문

"내일 귀사의 본점으로 제가 찾아뵙겠습니다."

… 강약 없이 모든 단어를 같은 크기로 말하면 핵심 메시지가 인상에 남지 않는다.

- 인물 강조

→ "내일 귀사의 본점으로 제가 찾아뵙겠습니다."

… '누가' 가는지가 정확히 전달된다.

● 일시 강조

→ "내일 귀사의 본점으로 제가 찾아뵙겠습니다."

… '언제' 가는지가 정확히 전달된다.

● 장소 강조

→ "내일 귀사의 본점으로 제가 찾아뵙겠습니다."

… '어디'로 가는지가 정확히 전달된다.

목소리의 '높낮이'에 변화를 준다(높낮이, 톤)

목소리의 높낮이에 변화를 주면 인상이 달라진다.

- **높은 목소리 … 밝음, 경쾌함, 생기 있음**
- **낮은 목소리 … 진중함, 침착함, 신뢰감**

일반적으로 좋은 인상을 주는 목소리 높이, 상대가 편안하게 들을 수 있는 목소리 높이는 '파' 또는 '솔' 음이다.

'파'와 '솔' 음은 사교적인 느낌을 주어 상대와 원만한 관계를 구축하는 데도 효과적이다.

컨설턴트이자 작가인 야스다 다다시는 **"가벼운 대화에서는 높은 톤으로 말하는 것이 철칙"**이라며 다음과 같이 설명한다.

"'도레미파솔라시도' 음계를 입으로 소리 내보라. 그중 가장 적절

한 목소리 높이는 '파' 또는 '솔' 음이다. 정확한 음계가 아닌 자기가 내는 음계의 '파'와 '솔'을 참고하면 된다."(『시시하게 느낀 잡담이 어떻게 직장생활에 무기가 되는가』, 나라원, 2019)

2. 청중 앞에서 천천히 말한다

프레젠테이션, 미팅, 발표회 등 청중 앞에서 말할 때는 천천히 말한다. 많은 사람 앞에서 말하는 것에 익숙하지 않으면 자칫 말이 빨라지기 쉽다.

빠른 어조로 말하면 '불안정한 느낌'을 주며 무슨 말인지 제대로 전달되지 않아, 듣는 사람에게 부정적인 인상을 남긴다.

반대로 **여유 있는 어조로 알아듣기 쉽게 말하면 상대에게 신뢰감을 준다.**

저널리스트 이케가미 아키라는 **'말이 굉장히 빠른 사람'**이라는 자각이 있어 방송에 출연할 때마다 의식적으로 말을 천천히 한다고 한다.

저서에서 그 이유를 다음과 같이 밝히고 있다.

"초등학교 고학년부터 80대 노인까지 모두 알아들을 수 있게 말하려고 한다. 빨리 말하면 어휘가 풍부하지 않은 어린아이나 청력이 저하된 고령자가 알아듣기 힘들 때도 있기 때문이다."(『전달하는 힘

2(伝える力 2)』)

그렇다면 '천천히 말하기'란 구체적으로 어느 정도 속도일까? '알아듣기 쉬운 말하기 속도'는 **'1분 동안 300자 정도'**라는 것이 전문가들의 공통 의견이다.

다음 예문을 소리 내어 읽었을 때 1분을 기준으로 남은 시간이 많으면 말이 빠른 편이고 1분을 훌쩍 넘기면 지나치게 느린 편이다.

'1분 동안 300자 정도'의 예문

출간된 지 수십 년이 지난 글쓰기 책과 최근에 출간된 글쓰기 책은 공통점도 많으나 전혀 다른 부분도 있다.

요즘 책에서는 글을 명확하게 쓰라고 강조한다. 반면 예전의 글쓰기 책에서는 모호함을 중요하게 여겼다.

오래된 책부터 최근에 나온 책까지 두루 살펴보면, 표현방식의 변모를 알 수 있어, 글쓰기를 폭넓게 배우고 싶은 사람에게 도움이 된다.

요즘에는 블로그 글을 읽을 때 많은 사람이 휴대전화를 이용한다. 휴대전화는 화면이 작기 때문에, 최근 글쓰기 책에서는 글을 쓸 때 행을 자주 바꿔야 독자가 읽기 편하다고 설명한다.

(참고: 『결국은 문장력이다』, 앤페이지, 2022)

3. 말에 쉼표를 만든다

말에 쉼표(몇 초 동안의 짧은 침묵)를 만들면 듣는 사람이 집중하게 된다.

말에 쉼표를 활용할 때의 장점

- 중요한 부분을 강조한다.
- 이야기의 전개를 알린다.
- 듣는 이의 기억에 강한 인상을 남긴다.
- 듣는 이의 집중력이 흐트러지지 않는다.
- 상대가 귀 기울여 듣는다.

"중요한 부분을 말하기 직전에 '짧은 침묵'을 만든다. (…) **'짧은 침묵'은 분위기를 긴장시킨다. 순간의 정적. 숨을 깊이 몰아쉬고 청중의 집중력을 끌어 올린 다음 말을 시작한다."**(스기무라 타로·구마가이 도모히로 지음, 『절대 합격 2020 면접(絶対内定2020 面接)』)

"갑작스러운 침묵은 갑자기 크게 말할 때처럼 듣는 이를 집중시키는 효과가 있다. 그 순간 상대는 주의 깊게 다음 말을 기다린다."(데일 카네기 지음, 『데일 카네기 성공대화론』, 미래지식, 2021)

특히 유용한 쉼표 활용법 4가지가 있다(시간은 대략적 기준).

말에 쉼표를 만드는 타이밍

(1) 핵심 정보 또는 중요한 이야기를 꺼내기 전과 후(0.5~1초 정도)

"정부는 오늘 코로나19 확진자가 (0.5~1초)…… 1,915명 발생했다고 발표했습니다. (0.5~1초)……."

(2) 질문한 후(0.5~1초 정도)

"여러분은 어떻게 생각하시나요? (0.5~1초)…… 저는 이렇게 생각합니다."

(3) 이유나 근거를 설명하기 전(0.5~1초 정도)

"저는 이렇게 생각합니다. (0.5~1초)…… 왜냐하면 ○○○이기 때문입니다."

(4) 이야기가 일단락될 때(3초 정도)

"지금까지 A에 관한 설명이었습니다. (3초)…… 이어서 B에 대해 말씀드리겠습니다."

4. 말끝을 분명하게 발음한다

말끝을 흐리면 자신감이 없어 보이고 미덥지 못하다는 이미지를 주므로 상대에게 신뢰감을 얻기 어렵다. 말끝이 분명하지 않아 알아듣기 어려우면 그 자체만으로 상대에게 부정적 인상을 준다.

"예컨대 '안녕하세요'라고 인사할 때 '안녕하세'까지만 들리게 말하는 사람이 있는데, 이는 대단히 나쁜 인상을 준다. 이왕에 인사할 거면 끝까지 확실하게 말해야 한다."(나이토 요시히토 지음, 『'호감형 인간'의 블랙 심리술(「人たらし」のブラック心理術)』)

종결 어미로 긍정문과 부정문이 나뉘는 언어권에서는 특히 주의해야 한다. 말끝이 불분명하면 긍정인지 부정인지 구분이 되지 않는다.

×나쁜 예

"오늘은 매출 목표를 달성하……."

예문에서는 말끝이 분명치 않아 목표 달성 여부를 파악할 수가 없다. 말을 끝까지 명료하게 발음해야 메시지가 정확히 전달된다.

다만 말끝을 너무 의식한 나머지 "잘 부탁드립니다~", "그게 정말인가요~?" 하고 끝을 늘이거나 높이면 자칫 미숙하다는 인상을 줄 수 있다. 따라서 "잘 부탁드립니다", "그게 정말인가요?"와 같이 또박또박 정성스레 말해야 한다.

4위

좋은 질문으로 이야기 끌어내기

POINT
1. '닫힌 질문'으로 사실을 확인한다.
2. '열린 질문'으로 이야기를 넓힌다.
3. '구체적'으로 질문한다.

4위는 '좋은 질문으로 이야기 끌어내기'이다.

많은 전문가가 '질문하는 힘', 즉 질문력의 필요성을 언급한다.

"대화법에서 질문은 빠뜨릴 수 없다."

"질문을 능숙하게 활용하면 상대는 이야기를 술술 풀어낸다."

질문의 효과

- '관심이 있다'는 태도를 보여준다.
- 의문점이나 모호한 부분을 명확히 알게 된다.
- 내용을 확인할 수 있다.

• 상대가 기분 좋게 이야기를 풀어갈 수 있다.
• 상대의 이야기를 넓혀가거나 진행시킬 수 있으며 더 깊숙한 부분까지 끌고 갈 수 있다.

넓히기 … "그 밖에 어떤 일을 하시나요?"
진행하기 … "그래서 어떻게 되었나요?"
"그리고 무슨 일이 있었나요?"
깊게 들어가기 … "왜 그렇게 생각하시나요?"
"어떤 이유로 그렇게 하셨나요?"

1위 첫 번째 포인트로 소개한 '말하기보다 듣기가 더 중요하다'에는 두 가지 의미가 담겨 있다.

⊙ '듣기'의 두 가지 의미
① 말을 귀담아듣는다 … 상대가 하는 말을 주의 깊게 듣는다.
② 상대의 이야기를 끌어낸다 … 질문으로 내가 듣고 싶은 이야기와 상대가 하고 싶은 이야기를 끌어낸다.

말하기 전문가들은 질문을 통해 화제를 끌어낸다.

"잘 듣는 사람은 상대가 말하고 싶어 할 만한 것을 질문해 상대가 자연스럽게 이야기하도록 끌어낸다. 이런 사람이 정말 잘 듣는 사람이자 질문의 고수다."(가가타 아키라 지음, 『영업맨들이여 절대 부탁하지 마라』, 한국표준협회미디어, 2013)

1. '닫힌 질문'으로 사실을 확인한다

질문의 형식은 크게 닫힌 질문과 열린 질문으로 나뉜다.

> ⦿ 닫힌 질문
>
> '예', '아니요'로 대답하는 질문, 또는 답의 선택지가 정해져 있는 질문.

예문

- "영화 좋아하세요?"
- "귀사에서는 A, B, C 중 어느 시스템을 사용하시나요?"

예문은 '예/아니요', 'A입니다/B입니다/C입니다'라는 한정된 선택지에서 대답하는 닫힌 질문이다.

| 닫힌 질문의 장점과 단점 |

장점	• 상대의 생각이나 사실을 명확하게 파악할 수 있다. • 대답을 곧바로 얻을 수 있다. • 상대가 대답하기 쉽다.
단점	• 이야기를 넓혀가기 어렵다. • 너무 자주 사용하면 상대가 취조받는 느낌을 받을 수 있다. • 제시된 선택지에서 답을 고르므로 새로운 아이디어가 나오기 어렵다.

협상이나 회의 '마지막 단계'에서 닫힌 질문을 활용하면 오해의 소지를 없앨 수 있다.

예문

질문 "주문하신 상품이 A 상품 100개이지요?"
대답 "예."

2. '열린 질문'으로 이야기를 넓힌다

열린 질문은 '예', '아니요'와 같은 선택지 없이 상대가 자유롭게 대답하는 질문이다.

⊙ 열린 질문
제한을 두지 않고 상대가 자유롭게 대답하도록 이끈다.

예문

질문 "영화 <○○○>에서 어떤 장면이 인상 깊었나요?"
대답 "주인공이 진실을 고백하는 장면요."
질문 "그 장면은 정말 인상적이었어요. 결말에 대해서는 어떻게 생각하세요?"
대답 "의외였습니다. 여러 해석이 가능하겠지요."
질문 "어떻게 해석하셨는데요?"

열린 질문을 사용하면 상대의 기분이나 생각을 구체적으로 파악할 수 있다. 상대에게서 '더 많은 정보'를 끌어내고 싶은 상황에서 효과적이다.

| 열린 질문의 장점과 단점 |

장점	• 이야기를 넓혀가기 쉽다. • 많은 정보를 얻을 수 있다. • 상대를 더 많이 이해할 수 있다. • 상대가 자유롭게 생각하고 대답하므로 새로운 아이디어가 나오기 쉽다.
단점	• 첫 질문으로 활용하면 상대가 대답하기 어려워할 수 있다. • 어떤 대답이 돌아올지 모르므로 질문자의 대응 능력이 요구된다. • 대답이 돌아오기까지 시간이 걸린다. • 어려운 질문을 한 경우, 상대가 대답하지 못해 이야기의 흐름이 끊길 수 있다.

열린 질문은 **'5W1H'로 시작하는 것**이 기본이다.

'5W1H'를 활용해 열린 질문 만들기

● 언제(When)

"언제부터 새 사업을 시작하실 예정인가요?"

● 어디(Where)

"어디로 영업을 나가시나요?"

- 누구(Who)

  "누구와 팀을 짜야 업무 성과가 향상될까요?"

- 무엇(What)

  "이 일과 관련된 업무는 무엇인가요?"

- 왜(Why)

  "왜 잘 진행되지 않았을까요?"

- 어떻게(How)

  "어떻게 문제를 해결할 수 있나요?"

'전설의 과외 선생'이라 불리는 경영자 스피치 코치 오카모토 준코는 여기에 '어느 것(Which)'을 추가해 '6W1H'로 질문하면 대화가 풍성해진다고 말한다.

"잡담 때문에 고민하는 경영자에게 '의문사 질문력', 다시 말해 의문사를 활용해 질문하는 힘을 기르라고 조언한다. (…) **'6W1H' (What, Who, When, Where, Why, Which, How)로 시작하는 질문은 모두 '열린 질문'이다."**(『세계 최고의 말하기 비법』, 스타리치북스, 2022)

닫힌 질문과 열린 질문의 활용 구분

'닫힌 질문 → 열린 질문' 순서로 질문하면 상대가 대답하기 편하다.

예문 1

질문　“영화 좋아하세요?” (닫힌 질문)

대답　“예.”

질문　“어떤 영화를 좋아하세요?” (열린 질문)

대답　“액션 영화를 좋아합니다.”

질문　“왜 액션 영화를 좋아하시나요? (열린 질문)

대답　“보고 나면 개운한 느낌이 들어서요.”

예문 2

질문　“맥주 좋아하세요?” (닫힌 질문)

대답　“예.”

질문　“추천할 만한 맥주가 있나요?” (열린 질문)

대답　“OOO가 맛있어요.”

3. ‘구체적’으로 질문한다

열린 질문은 ‘상대가 자유롭게 생각하도록 만들기’ 때문에 대화가 풍성해진다. 하지만 깊이 생각해야 대답할 수 있는 질문이 이어지면 대화가 끊길 위험도 있다.

‘대화가 이어지지 않을 때’, ‘대답이 늦어질 때’, ‘대답이 모호할 때’ **질문 내용을 ‘구체적’으로 좁히면 상대가 대답하기 더 편해진다.**

예문 1

"요즘 자동차에 대해 어떻게 생각하세요?"

↓(구체적으로)

"자율주행 자동차에 대해 어떻게 생각하세요?"

예문 2

"요즘 어때?"

↓(구체적으로)

"지금은 어떤 일을 하고 있어?"

예문 3

"납품일은 언제로 희망하시나요? 대략적인 날짜를 알려주세요."

↓(구체적으로)

"납품일에 대해 상의드리고 싶습니다. 다음 세 가지 일정 중에 가능한 날짜가 있으신가요?"

5위

단골 소재로 막힘없이 잡담하기

POINT | 1. 12가지 주제로 자연스럽게 대화한다.
2. 잡담에 부적절한 화제는 피한다.

5위는 '단골 소재로 막힘없이 잡담하기'이다.

화법을 다룬 명저 100권 중 33권에서 잡담 소재나 대화 주제에 관해 언급하고 있다. 말하기 전문가들은 **"공과 사를 막론하고 어떤 상황에서나 잡담은 필요하다"**고 이야기한다.

잡담의 주요 효과

- 대화로 들어가는 입구가 된다.
- 상대에게 관심 있음을 보여준다.
- 초면의 긴장감을 누그러뜨린다.
- 지식을 얻는다.

인간관계를 구축하는 데 잡담은 매우 중요한 역할을 한다. 그러나 잡담에 부담을 느끼는 사람도 많다.

"무슨 말을 해야 좋을지 모르겠다."

"도중에 적당한 화제를 찾지 못해 말이 끊긴다."

"말하는 데 자신이 없고 이야기를 재미있게 하지 못한다."

"초면인 사람을 만나면 긴장해서 말이 잘 나오지 않는다."

그렇다면 어떻게 해야 잡담하는 능력을 키울 수 있을까?

전문가들이 소개한 '소재 선택' 포인트 5가지를 정리하면 다음과 같다.

이야깃거리를 선택하는 5가지 포인트

① 상대가 대답하기 곤란하지 않은 소재를 선택한다.
② 상대가 흥미를 느끼는 소재를 선택한다.
③ 상대가 공감할 만한 소재를 선택한다.
④ 누구에게나 적용되는 공통 소재를 선택한다.
⑤ 무난한 주제를 고른다.

1. 12가지 주제로 자연스럽게 대화한다

말하는 기술을 다룬 여러 명저에 소개된 '누구에게나 사용 가능한(어떤 사람과도 대화할 수 있는) 화제'를 종합해 다음과 같이 12가지로 정리했다(잡담을 시작하고 싶을 때는 4위에서 언급한 '질문' 형식이 되는 경우가 많다).

누구에게나 사용 가능한 12가지 잡담 주제

- 음식

"추천할 만한 레스토랑이 있으면 알려주시겠어요?"

"늘 바쁘신 것 같은데, 식사는 잘 챙겨 드세요?"

"이 근처에 ○○라는 가게가 유명하다던데, 혹시 아세요?"

- 출신지, 지역

"○○ 씨는 어디 출신이세요? 저는 ○○ 출신이에요."

"여기로 이사 오기 전에는 어느 지역에 사셨어요?"

(개인정보이므로 구체적인 주소는 묻지 않는다)

- 여행

"최근에 여행 다녀오셨나요?"

"얼마 전에 ○○으로 드라이브 갔었는데, 혹시 가본 적 있으세요?"

- 날씨, 계절

"오늘은 어제보다 훨씬 따뜻하네요."

"저는 꽃가루 알레르기가 있어요. ○○ 씨는 괜찮으세요?"

- 스포츠

"저는 요새 취미로 골프를 배워요. 골프 좋아하세요?"

"무슨 운동을 즐겨 하시나요?"

● 반려동물

"인스타그램 봤습니다. 고양이를 키우시나 봐요."

"강아지를 입양하고 싶은데, ○○ 씨는 혹시 반려동물을 키우세요?"

● 업무

"지금 담당하는 업무를 여쭤봐도 될까요?"

"요즘 일찍 출근하시는 것 같아요. 진행 중인 업무 있으세요?"

● 건강

"다행히 코로나19 확진자 수가 점점 줄어드네요."

"그때 다친 데는 좀 어떠세요?"

● 몸에 지닌 물건, 사용하는 물건

"그 시계 ○○ 씨랑 너무 잘 어울려요. 어느 브랜드 시계인가요?"

"정장이 너무 멋져요. 어디서 사셨어요?"

"평소에 어떤 앱을 자주 사용하세요?"

● 최근 뉴스

"오늘 아침에 이 뉴스 보셨어요?"

"요즘에는 ○○가 무척 유행인가 봐요."

● 나의 근황/상대의 근황

"요즘 ○○를 시작했어요. ○○ 씨는 요즘 관심 있는 게 있나요?"

● 엔터테인먼트

"좋은 책(영화, 음악, 동영상, 텔레비전 방송)이 있으면 추천해주시겠어요?"

바로 활용할 수 있는 화제·주제의 앞 글자를 따서 쉽게 기억하는 방법을 소개한 책도 있다.

2. 잡담에 부적절한 화제는 피한다

잡담에 어울리는 '단골 소재'가 있는 반면, 상대(듣는 사람)를 불쾌하게 만들 수 있어 '피하는 것이 좋은 소재'도 있다.

✓ 피하는 편이 좋은 잡담 주제

▶▶ 의견이 나뉘기 쉬운 화제

정치나 종교처럼 개인 사상과 깊이 연관된 주제는 피하는 것이 좋다. 사상은 사람마다 다르므로 나와 상대의 생각이 같지 않을 수 있다.

스포츠는 잡담의 '단골 소재'이기도 하지만, 특정 팀을 칭찬하거나 비난하지 않는 것이 좋다. 같은 팀을 응원한다는 확신이 없으면 이런 주제는 피하는 것이 무난하다. 라이벌 팀을 응원한다는 사실만으로도 상대의 기분을 상하게 할 수 있다.

▶▶ 음담패설

허용 범위를 넘어서는 음담패설은 자리를 불편하게 만든다.

소설가 햐쿠타 나오키도 **"음담패설은 그다지 좋아하지 않는다"** 라고 말한다.

"성별과 관계없이 성은 흥미를 느끼는 화제다. 그런데 이 수위를 조절하기가 무척 까다롭다. 어디에나 그런 이야기를 싫어하는 사람이 있기 마련이다."(『잡담력—스토리로 대화를 즐겁게(雑談力: ストーリーで人を楽しませる)』)

▶▶ 외모, 나이

상대에 따라 칭찬이 되지 않기도 한다.

"나이보다 젊어 보이세요."

칭찬하는 의도로 한 말이라도 상대는 자신이 어른스러워 보이지 않는다고 받아들일 수 있다.

"키가 커서 스타일이 좋으시네요."

좋은 뜻으로 한 말이라도 상대는 '키가 크다'라는 점에 신경이 쓰일지도 모른다.

콤플렉스는 누구에게나 있다. 다른 사람이 보기에 매력적인 부분도 본인에게는 콤플렉스일 수 있다.

▶▶ 험담, 소문

험담은 금세 퍼지기 쉽다.

"○○ 씨가 이런 말을 하던데요."

험담은 당사자의 귀에 들어갈 가능성이 크다. 게다가 험담만

하는 사람은 주위의 신뢰를 얻지 못한다.

▶▶ 자기 자랑

자기 자랑은 상대에게 부정적인 인상을 준다.

"자만이 주변 사람을 얼마나 불쾌하게 만드는지 알아야 한다. 자신은 별생각 없이 자랑한 것이겠지만, 그래서는 다른 사람과 원만한 관계를 맺을 수 없다."(히구치 유이치 지음, 『사람이 따르는 말 사람이 떠나는 말』, 북스캔, 2008)

『말하기 매너와 요령(話し方のマナーとコツ)』의 감수를 맡은 스기야마 미나코는 **"자기 자랑은 한마디로 끝내거나 유머로 바꾼다. '요전에 부상으로 하와이 여행권 받았어! 올해 운을 다 썼나 봐'와 같이 불쾌하지 않을 정도로"** 하기를 조언한다.

▶▶ 돈 관련 이야기

연봉, 저축액 등 돈과 관련된 이야기는 가까운 사이에서도 조심스러운 화제다.

연봉이 많으면 질투나 오해를 사기 쉽고 적으면 무시당할 수 있으니 주의한다.

▶▶ 가족, 가정환경

잡담의 단골 소재로 '가족'을 꼽은 책도 있으나 가족이나 가정환경에 관한 질문은 피하는 편이 좋다는 의견도 있다.

이혼 또는 별거, 사별한 경우이거나 아이가 생기지 않는 등 각자 사정에 따라 민감한 주제가 될 수 있으므로 처음 보는 사람과는 특히 피하는 것이 현명하다.

6위

칭찬으로 대화를 매끄럽게 이끌어가기

POINT
1. '이유'를 들며 구체적으로 칭찬한다.
2. 결과만이 아니라 '과정'도 칭찬한다.
3. 다른 사람 앞에서 칭찬한다.
4. 무조건 많이 칭찬하는 것이 능사는 아니다.

6위는 '칭찬으로 대화를 매끄럽게 이끌어가기'이다.

대화법 명저 100권 중 32권에 '칭찬의 중요성' 및 '올바른 칭찬법'에 관한 내용이 실려 있다.

명저에 소개된 '칭찬의 효과'를 정리하면 다음과 같다.

칭찬의 효과

- 상대의 의욕을 고취한다.
- 상대를 성장시킨다.
- 상대가 내 의견을 경청하게 만든다.

• 상대를 칭찬하면 나도 기분이 좋아진다.

정신건강의학과 의사인 사이토 시게타와 유키 유는 '칭찬'의 효과를 다음과 같이 설명한다.

"칭찬을 받고 싫어하는 사람은 없다. 오히려 칭찬은 자신감을 되살아나게 하고, 그 자신감은 새로운 의욕을 불러일으킨다."(사이토 시게타 지음, 『좋은 말이 좋은 인생을 만든다(いい言葉は, いい人生をつくる)』)

"칭찬은 선물과 같아서, 받는 사람과 주는 사람 모두 기분이 좋아진다."(유키 유 지음, 『만화판: 살짝 슬쩍 재빨리 '되받아치는' 기술(マンガ版ちょっとだけ·こっそり·素早く「言い返す」技術)』)

1. '이유'를 들며 구체적으로 칭찬한다

'이유를 들며 구체적으로 칭찬하기'는 수많은 말하기 전문가가 '효과적인 칭찬법'으로 언급한다.

"대단하다!", "멋지다!"와 같은 감상만 전하면 자칫 빈말처럼 들리기 쉽다.

"칭찬할 때, 감사하다는 말을 할 때는 가능한 한 구체적으로 표현

해야 한다. '그때 선생님이 정확히 말씀해주셔서 그 뒤로 매끄럽게 진행되었습니다' (…) 같은 식이다."(고노 에이타로 지음, 『99%가 실천하지 않는 1%의 성공 비결』, 중앙북스, 2014)

"칭찬만으로 끝내지 말고 반드시 왜 칭찬했는지 이유를 덧붙인다."(『끌리는 사람들의 유쾌한 대화법』)

이유를 곁들여 구체적으로 칭찬하면 듣는 사람에게도 여러 가지 효과가 있다.

- **자신의 장점을 객관적으로 파악할 수 있다.**
- **건성으로 하는 말이라고 생각하지 않는다.**
- **상대가 세세한 부분까지 봐준다는 생각에 기분이 좋아진다.**

"대단하세요", "능숙하시네요", "멋져요", "근사하네요"와 같이 한마디로 끝내지 말고 앞뒤에 '칭찬 이유'를 덧붙이면 상대의 인정 욕구가 훨씬 더 충족된다.

> ⊙ 인정 욕구
>
> '타인에게 자기 존재를 인정받고 싶다', '가치 있는 존재로서 인정받고 싶다'는 것은 자연스러운 욕구다. 이런 욕구는 어린아이부터 성인까지 누구나 가지고 있다.

예문 1

"요즘 열심히 하는 모습이 정말 보기 좋아요."

↓(칭찬 + 이유)

"요즘 열심히 하는 모습이 정말 보기 좋아요. 지난달보다 계약 건수가 10건이나 늘었죠? 고객 방문 횟수를 늘린 성과가 있었네요."

예문 2

"발표 자료 잘 만들었어요."

↓(칭찬 + 이유)

"이 발표 자료에는 그림과 그래프가 효과적으로 쓰였네요. 매출과 이익 추이, 점유율이 일목요연해서 설득력이 있어요."

2. 결과만이 아니라 '과정'도 칭찬한다

상당수 말하기 전문가가 업무상 대화나 육아에서 "프로세스(과정 혹은 결과로 이어지는 행동)를 칭찬하는 것이 중요하다", "결과만이 아니라 과정도 인정해야 한다"라고 지적한다.

"결과 또는 눈에 보이는 것에만 칭찬이 집중되면 아이의 마음에 칭찬의 말이 와닿지 않는다."(고자키 야스히로 지음, 『아들의 마음을 움직이는 훈육법·칭찬법(男の子の本当に響く叱り方ほめ方 どうしたら言

うことをちゃんと聞いてくれるの??)』)

"건강한 인간관계는 상대의 좋은 점과 상대가 노력한 과정을 '인정'하는 데서 시작된다. 호감을 주는 사람은 그 선순환을 만들어낸다."(『바꾸어 말하기』)

직장에서 부하직원을 가르치거나 가정에서 아이를 교육할 때 결과보다 과정을 칭찬하면 상대는 더욱 의욕이 생긴다.

노력이나 과정을 칭찬받으면 '자신의 행동' 자체를 인정받았다고 느껴 실패를 두려워하지 않고 도전을 계속해나갈 수 있다.

반면, 결과에 대한 칭찬만 반복하면 '확실한 결과를 낼 수 있는 일만' 하거나 '새로운 일, 어려운 일에는 도전하지 않는' 소극적인 태도가 나타날 수 있다.

부하직원이나 아이를 칭찬하는 방법은 좋은 결과를 얻었을 때나 얻지 못했을 때나 다르지 않다.

결과가 어떻든 상대가 노력한 과정에 주목하면 충분히 칭찬할 수 있다.

예 1. 아이가 시험에서 100점 맞았을 때

- 나쁜 칭찬법 … 결과만 칭찬한다

"시험에서 100점 맞았구나! 대단하다!"

• 좋은 칭찬법 … 과정을 칭찬한다

"시험에서 100점 맞았구나! 좋아하는 게임도 참고 열심히 공부한 보람이 있네!"

예 2. 부하직원이 매출 목표를 달성하지 못했을 때

• 좋은 칭찬법 … 과정을 칭찬한다

"달성하지 못한 건 아쉽지만, 이 접근 방식은 효과가 있었다고 생각해요. 다음 달에는 ○○에 신경 써서 진행해봅시다."

3. 다른 사람 앞에서 칭찬한다

일대일로 칭찬하는 것보다 많은 사람 앞에서 칭찬할 때 효과가 훨씬 크다.

예컨대 조례나 회의 자리에서 "고객이 A 씨의 프레젠테이션을 높이 평가했습니다"라고 칭찬하면, A 씨는 자랑스럽게 느끼고 다른 사원들은 '나도 칭찬받을 수 있도록 열심히 해야겠다'고 생각한다.

작가이자 강연가인 호시 와타루는 **"많은 사람 앞에서 칭찬하고 나중에 개별적으로 한 번 더 칭찬할 것"**을 권한다. 그러면 '자신이 정말 옳은 일을 했다'고 실감하기 때문이다.

"'많은 사람 앞에서의 칭찬'은 주위 사람에게 '이 사람은 칭찬받을 가치가 있는 사람'이라고 발표하는 것이나 마찬가지다. (…) 그리고 얼마 후 따로 한 번 더 칭찬한다. 메일이나 메신저와 같은 개별적 메시지로 칭찬하는 것이 포인트다."(『입만 열면 손해 보는 사람들을 위한 대화책』, 토네이도, 2021)

다만 상대(칭찬 대상)가 '주목받는 것을 꺼리는 사람'이거나 주변에 '질투심이 강한 사람'이 있다면 개별적으로 칭찬하는 편이 더 좋다.

4. 무조건 많이 칭찬하는 것이 능사는 아니다

대화법 전문가들은 입을 모아 '더 나은 커뮤니케이션을 위해 칭찬은 중요한 요소'라고 강조하지만, '칭찬 횟수'에 관해서는 의견이 나뉜다.

"칭찬을 남발하면 인사치레의 빈말로 들린다", "상대를 지나치게 칭찬하면 자신을 낮추는 것처럼 보일 수 있다", "무턱대고 칭찬하면 효과가 없다"라는 의견이 있는 반면, "겉치레 말이라도 괜찮다", "무엇이든 좋으니 일단 칭찬한다", "가벼운 느낌이 들 정도로 마구 칭찬한다"라는 의견도 있다.

관련 내용을 면밀히 검토한 결과 "지나치게 칭찬하지 않는다"

는 의견이 다수였다.

따라서 **타인과 대화가 서툰 사람, 남을 칭찬해본 경험이 적은 사람은 칭찬을 남발하지 않는 편이 좋다.**

칭찬하는 것에 익숙하지 않은 사람이 "멋있네요", "대단하네요"라고 칭찬을 연발하면, 상대는 '거짓말 같다', '진심이 담겨 있지 않다', '놀림받는다'고 느낄 우려가 있다.

칭찬할 때도 다음과 같은 사항을 유념한다.

- **진심으로 칭찬한다.**
- **마음에 없는 말을 하지 않는다.**
- **자기 생각을 솔직하게 전한다.**

기업가이자 사업지원가인 나가마쓰 시게히사도 저서에서 다음과 같이 밝히고 있다.

"칭찬은 중요하지만 닥치는 대로 칭찬한다고 해서 모두 효과가 있지는 않다. 칭찬의 핵심은 '상대가 무엇을 중시하고 어떤 부분을 칭찬받으면 기뻐할지' 세심히 관찰하고, 진심에서 우러나온 칭찬을 하는 것이다."(『말버릇을 바꾸니 운이 트이기 시작했다』)

일본 TBS 아나운서 아즈미 신이치로는 **"주저하지 말고 적극적으로 칭찬해야 한다", "칭찬은 아양을 떨기 위한 말이 아니다"**라면서

"상대의 기분을 좋게 하려고 마음에도 없는 거짓말을 해서는 안 된다. 자신의 감정을 정확하게 말로 표현해 상대에게 전달하는 것이 중요하다"라고 강조한다(사이토 다카시·아즈미 신이치로, 『말하는 힘(話すチカラ)』).

7위

상대의 눈을 보면서 말하기

POINT

1. 시선의 '높이'를 맞춘다.
2. 눈만 뚫어지게 응시하지 않는다.
3. 청중 앞에서 말할 때도 한 사람씩 눈을 맞춘다.

7위는 '상대의 눈을 보면서 말하기'이다.

상당수 전문가가 "시선을 어떻게 처리하느냐에 따라 인상이 달라진다"고 말한다.

상대와 신뢰 관계를 구축하는 데 빠질 수 없는 것이 바로 **'아이 콘택트', 즉 '눈 맞춤'이다.**

"눈은 입만큼 많은 것을 말한다(눈빛으로 상대의 감정을 알 수 있다)", "눈은 마음의 창이다(눈을 보면 마음을 알 수 있다)"라는 말도 있듯이, 눈에는 그 사람의 감정이나 인성이 진하게 드러난다.

눈을 맞추는 것은 마음을 맞추는 것이다.

"눈과 눈이 마주치고 마음이 통하면 자연스레 웃음이 새어나오고 너그러워지면서 순식간에 관계가 한층 가까워진다."(노구치 사토시 지음, 『누구와도 15분 이상 대화가 끊이지 않는 66가지 Point』, 지식여행, 2010)

왜 상대의 눈을 보고 이야기하면 신뢰가 쌓일까?

눈을 맞추며 대화하는 4가지 이유

- 상대가 자기 이야기에 관심을 보인다고 느낀다.
- 집중해서 이야기를 듣고 있다고 생각한다.
- 상대 마음의 움직임을 파악할 수 있다.
- 말할 때 눈을 피하면 '거짓말하고 있다', '자신감이 없다'는 인상을 준다.

1. 시선의 '높이'를 맞춘다

'상대의 눈을 보면서 말하기'에서 가장 중요한 것은 시선의 '높이' 맞추기다. 시선의 '높이'를 맞춘다는 것은 다음과 같은 의미다.

- 상대가 서 있을 때 → 나도 선다
- 상대가 앉아 있을 때 → 나도 앉는다(자세를 낮춘다)

대화 상대와 시선이 같은 높이에 있으면 한결 친밀감을 느끼게 된다.

나는 서 있고 상대가 앉아 있으면 위에서 아래를 내려다보는 시선으로 상대를 응시하게 된다.

내려다보는 시선은 위압감을 느끼게 해 무의식중에 상대를 불편하게 만든다.

온라인 회의를 할 때도 눈높이와 비슷한 각도로 카메라 위치를 조정한다.

노트북이나 휴대전화, 태블릿의 내장 카메라는 대부분 시선보다 아래쪽에 있어 화면에는 내려다보듯이 비친다. **이런 경우에는 책이나 박스 등으로 받침 높이를 조절해 카메라와 시선을 수평으로** 맞추는 것이 좋다.

"말할 때는 다가가서 상대와 눈높이를 맞추거나 상대보다 약간 낮은 데서 바라본다. 서 있는 사람에게 앉은 채로 말을 걸어서는 안 된다."(『말하기 매너와 요령』)

아이와 말할 때는 위에서 내려다보지 말고 몸을 굽히거나 앉아서 시선을 같은 높이로 맞춘다.

시선을 같은 높이로 맞추면 아이는 '내 이야기를 들어준다', '나를 소중하게 대해준다'고 느낀다.

2. 눈만 뚫어지게 응시하지 않는다

대화 중에는 눈을 맞추고 시선을 돌리지 않는 것이 기본이다. 그렇지만 **상대의 눈을 너무 빤히 쳐다보면 상대가 부끄러움, 압박감, 위압감을 느낄 수 있으므로** 때때로 시선을 돌리거나 눈 주변을 보는 것이 좋다.

작가이자 수필가인 아가와 사와코는 **"얼굴 전체를 살짝 움직이거나 이따금 아래를 바라보는 등 시선에 적당한 휴식 시간을 주되 시선을 불안하게 움직이지 않기"**를 늘 유념한다고 말한다(『듣는 힘』, 흐름출판, 2013).

아이 콘택트 요령

- 기본적으로 눈을 바라보며 이야기하되 가끔 시선을 돌린다(상대의 옷이나 테이블 등을 바라본다).
- 눈을 맞추는 것이 긴장되는 사람은 상대의 눈이 아니라 입 주변, 양 눈썹 사이, 코 주변을 보며 이야기한다.
- 대화의 시작과 끝, 중요한 메시지를 전달할 때는 눈을 맞춘다.

3. 청중 앞에서 말할 때도 한 사람씩 눈을 맞춘다

프레젠테이션, 회의, 연설 등 많은 사람 앞에서 말할 때는 시선을 어떻게 처리하면 좋을까? 이때도 한 사람 한 사람 눈을 맞추는 것이 기본이다.

"구두 발표의 의미는 뭐니 뭐니 해도 생생한 말로 직접 청중에게 설명한다는 것이다. 그러니 발표자가 고개를 숙인 채로 말하면 '그럴 바에는 아예 뒤돌아서 하라'고 한마디 해주고 싶어진다."(고바야시 야스오·후나비키 다케오 엮음, 『지의 기법』, 경당, 2007)

"스티브 잡스를 비롯한 뛰어난 발표자는 청중과 시선을 맞출 때가 많다. 슬라이드나 메모를 읽는 일이 거의 없다."(『스티브 잡스 프레젠테이션의 비밀』)

'많은 사람 앞에 설 때의 시선 처리'에 대해 전문가들은 다양한 방법을 제시한다.

많은 사람 앞에서 이야기할 때 시선을 움직이는 방법

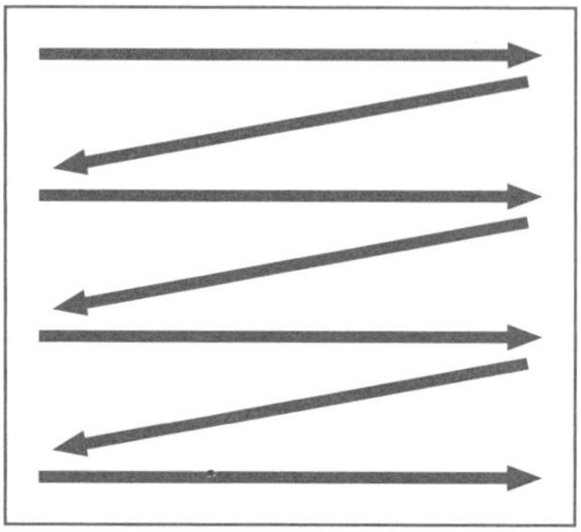

① 시선을 지그재그로 움직인다

왼쪽 가장 바깥쪽부터 지그재그로 시선을 움직인다. 시선이 맨 앞까지 오면 다시 시작점으로 돌아간다. 이를 반복하면 모든 사람을 보며 말할 수 있다.

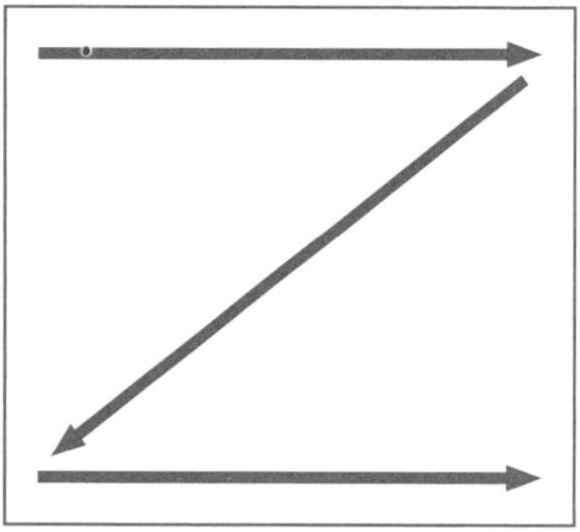

② 시선을 'S자'나 'Z자'로 움직인다

시선을 'S자'나 'Z자'로 움직이면 전체를 보고 있다는 인상을 주어 '여유 있다', '당당하다'는 느낌이 든다.

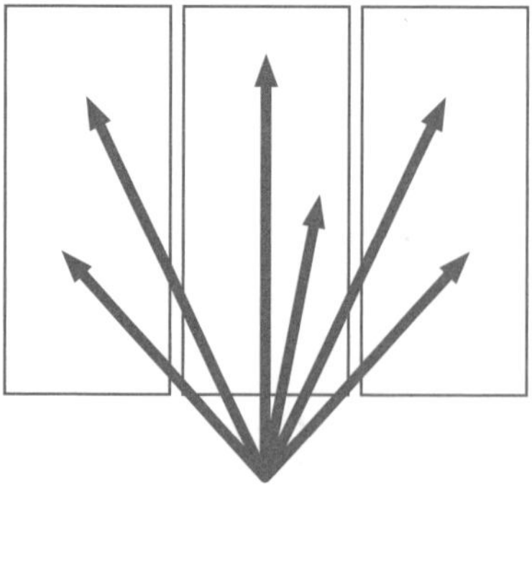

③ 세 블록으로 나눈다

청중을 '왼쪽', '중간', '오른쪽'으로 나누고 각 블록에서 한두 명을 지정한 뒤, 지정한 사람들을 보며 이야기한다.

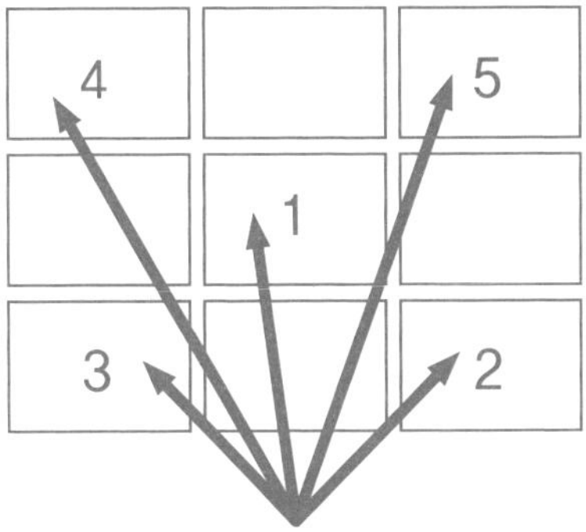

④ 아홉 블록으로 나눈다

대형 강당처럼 발표 장소가 넓은 경우에는 아홉 블록으로 나누어 네 귀퉁이와 정중앙의 다섯 개 블록으로 시선을 움직인다. 블록마다 한 명씩 정해두고 이야기한다.

Column

대화력이 높은 유명인

말하는 기술을 다룬 책 100권에서 언급된 '대화력', '잡담력', '강연력'이 높은 유명인 중 상위에 선정된 사람과 그 이유를 소개하면 다음과 같다.

여기서 유명인이란 기업가, 언론인, 정치가, 위인, 탤런트, 문화인 등 국내외를 막론한다.

1위 … 5권

다카타 아키라(홈쇼핑 기업 '자파넷다카타' 창업자)

다카타 아키라가 '일류인 이유'

- 일상 대화에도 '유머(재미, 웃음)'를 넣는다.
- 정보 수집 목적이 명확하다.
- 섬세한 묘사에 능하다.
- 상품의 특징뿐만 아니라 그 상품이 쓸모 있는 상황을 알려준다.
- 질문을 능숙하게 활용한다.

• 방송용과 일상대화용 화법을 의도적으로 달리한다(방송에서는 높은 톤으로 말한다 → 시청자의 구매 욕구를 높이는 목소리).

"예전에 자파넷다카타 전 대표 다카타 아키라의 강연을 들었는데, 60분 동안 청중이 무려 스물두 번이나 웃음을 터뜨렸다. 강연 첫 부분에 '여러분, 오늘 재밌다고 생각하시면 꼭 웃어주세요'라고 언급할 정도로 웃음을 통해 좋은 자리를 만들겠다는 강연자의 의지가 엿보였다."(『상대의 마음을 얻는 일류 대화법』)

"다카타의 정보 수집 목적은 '감동을 주기 위해서'다. 다카타는 늘 왜 이 말을 해야 하는지 고민하는데, 이를 '미션'이라고 부른다. 이 미션이 모호하면 전달하고자 하는 의욕이 생기지 않는다고 한다."(오이카와 유키히사 지음, 『전달법의 마술(伝え方の魔術)』)

2위 … 4권

• 스티브 잡스('애플' 공동 설립자)
• 에이브러햄 링컨(제16대 미국 대통령)

스티브 잡스가 '일류인 이유'

• 정보 수집을 일상화한다(대다수가 모르는 정보를 가르쳐주는 사람은 신뢰를 받는다).
• 어려운 전문 용어를 사용하지 않는다.

- 짧은 문장 하나로 제품 또는 서비스를 표현한다.
- 세 가지 포인트를 내세운다.
- 디테일한 묘사에 능숙하다.
- 상대가 무엇을 바라는지 꿰뚫어 보는 힘이 있다.

"스티브 잡스의 프레젠테이션 구성은 연극과 비슷하다. 정교한 연출과 충분한 연습으로 사람들을 즐겁게 해주고 용기와 기운을 북돋워준다."(『스티브 잡스 프레젠테이션의 비밀』)

"잡스는 '상대를 관찰하고 상대가 정말로 원하는 것이 무엇인지 진지하게 찾아보라. 거기에 반드시 해답이 있다'고 말한다. 인간의 욕구에 대한 끝없는 흥미, 그것이 지금까지 애플을 발전시켜온 원동력이다."(『말버릇을 바꾸니 운이 트이기 시작했다』)

에이브러햄 링컨이 '일류인 이유'

- 분노를 조절하는 데 능숙하다.
- 청중의 가치관에 맞춰 이야기한다.
- 말하기 전에 주도면밀하게 준비한다.

"많은 사람이 범하는 치명적인 실수는 준비를 게을리하는 것이다. (…) **백악관에 있을 때 링컨은 이렇게 말했다. '말할 내용도 없으면서 부끄러운 줄 모르고 사람들 앞에서 이야기할 정도의 늙은이는 되지**

않겠다고 늘 스스로 다잡는다.'"(데일 카네기 지음, 『카네기 연설론』, 스몰비즈니스, 2003)

3위 … 3권

- 이케가미 아키라(저널리스트)
- 아카시아 산마(개그맨)
- 고이즈미 준이치로(제87·88·89대 일본 총리)
- 고이즈미 신지로(정치가)

✓ 이케가미 아키라가 '일류인 이유'

- 공감을 부르는 질문을 잘 활용한다.
- 말을 걸 때 상대의 이름을 부른다.
- 시청자의 눈높이로 상대에게 파고드는 질문을 한다.
- 많은 청중 앞에서 말할 때도 일대일로 말하듯 자연스럽다.

"이케가미가 '저는 이렇게 생각합니다만……'이라고 할 때의 이야기는 자신이 생각하는 것 이상으로 시청자의 가슴에 깊이 와닿을 때가 많다."(노로 에이시로 지음, 『인생이 술술 풀리는 말습관의 비밀』, 꼼지락, 2020)

✓ 아카시아 산마가 '일류인 이유'

- 자기 이야기를 하기보다 상대의 이야기를 끌어낸다.

- 리액션으로 큰 웃음을 자아낸다(상대가 기뻐한다).
- 적절하게 호응한다("아, 그렇구나", "오, 그래서요?" 등).
- 대화를 시작할 때 상대가 주어가 되는 질문을 건넨다("오늘 좀 졸려 보이네", "요즘 어떻게 지내?" 등).
- 대화의 흐름을 읽는 데 능하다.

"텔레비전 예능 방송에서도 이야기의 흐름을 파악하지 못하는 사람은 '아니, 그 얘기는 아까 끝났잖아' 하고 산마에게 한 소리 듣는다."(나카타니 아키히로 지음, 『어떻게 저 사람은 사람들 앞에서 말을 잘할까(なぜあの人は人前で話すのがうまいのか)』)

고이즈미 준이치로가 '일류인 이유'

- 이야기할 때 불필요한 감탄사 '음', '에' 등을 넣지 않는다.
- 몸짓과 손짓을 효과적으로 사용한다.
- 외래어 사용을 삼가려 적극 노력한다.
- 간결하고 알아듣기 쉽게 말한다.

"총리대신 시절 고이즈미 준이치로는 외래어를 최대한 사용하지 말라는 지시를 내렸다. 국회에서 영어를 많이 사용해 답변한 장관에게 '알아듣기 쉽게 표현하라'고 질책한 일도 있다."(『단박에 통하는 전달의 힘』)

고이즈미 신지로가 '일류인 이유'

- 간결하고 이해하기 쉽게 말한다.
- 어휘력과 표현력이 풍부하다.
- 많은 청중 앞에서 말할 때도 일대일로 말하듯 자연스럽다.
- 강조하고 싶은 부분은 높고 강하게 또박또박 말한다.
- 짧은 문장으로 말한다.

"신지로는 가장 말하고 싶은 것, 강조하고 싶은 것을 높은 톤으로 천천히 말해 듣는 사람의 주의를 집중시키고 마음을 움직인다. 그리고 강조하고 싶은 말을 하기 직전에는 놀랄 만큼 길게 공백을 둔다."
(우오즈미 리에 지음, 『하루 만에 목소리까지 좋아지는 말하기 교과서(たった1日で声まで良くなる話し方の教科書)』)

PART

2

100권에서 찾아낸 말 잘하는 사람의 공통점 13가지

<8~20위>

8 위

구체적으로 말하기

POINT
1. 숫자를 제시한다.
2. 고유명사를 넣는다.
3. 공감 가는 경험담으로 설득력을 높인다.

8위는 '구체적으로 말하기'이다.

다수의 말하기 전문가가 "추상적인 이야기만 하지 않는다", "스토리를 넣는다", "경험담을 말한다" 등 표현은 달라도 모두 구체적으로 말하라고 조언한다.

작가이자 심리상담사인 이오타 다쓰나리는 **"직장에서 모호한 커뮤니케이션은 손해를 부른다. 확실하고 분명하게 구체적으로 말하기, 이것이 바로 득이 되는 대화법이다"**라며 특히 업무상 '구체적으로 말하기'의 중요성을 강조한다(『말투 때문에 말투 덕분에』).

고대 그리스 철학자이자 많은 학문을 체계화해 '모든 학문의 조상'이라 불리는 아리스토텔레스는 후세에 지대한 영향을 끼쳤다고 평가받는 명저 『아리스토텔레스 수사학』(현대지성, 2020)에서 '표현에 무게를 더하는 방법'을 소개한다. **"명사 대신 설명구를 활용한다. 예를 들면 '동그라미'라고 하지 않고 '중심에서 같은 거리로 펼쳐진 평면'이라고 하는 식이다.** (…) **비유와 수식어를 사용해 내용을 구체적으로 표현한다."**

'구체적으로 말하기'란 어떤 것일까?

⊙ 구체적 … 실제 내용이나 모습을 확실히 알 수 있는 상태.

전문가들이 생각하는 '구체적으로 말하기'의 장점을 5가지로 정리할 수 있다.

구체적으로 말하기의 5가지 장점

- 이해하기 쉽다.
- 혼란을 피한다.
- 설득력을 높인다.
- 공감을 얻는다.
- 깊은 인상을 남긴다.

'구체적으로' 말하려면 어떻게 해야 할까?

주로 세 가지 방법이 사용된다.

1. 숫자를 제시한다

대화에 숫자를 적극적으로 활용한다. 숫자를 제시하면 **'이미지가 명확해지고, 상대에게 정확히 전달되며, 현실감이 커진다'**.

컨설턴트이자 주식회사 팀버라인파트너스 대표인 오이시 데쓰유키는 『컨설턴트 1년 차가 알아야 할 것(コンサル一年目が学ぶこと)』에서 "비즈니스에서는 팩트로 말한다"고 강조하며 다음과 같이 설명한다.

"가장 좋은 사실은 '숫자'다. (…) 숫자로 말할 때 효과가 가장 크다. (…) 세계 공통 언어가 있다면 그것은 영어가 아니라 숫자일 것이다."

작가 하쿠타 나오키도 『잡담력』에서 **"숫자는 언뜻 무미건조해 보이지만 사실은 그렇지 않다. 구체적인 숫자는 이야기의 리얼리티를 한층 끌어 올리고 이야기를 훨씬 생생하고 흥미롭게 만든다"**라고 말한다.

화제의 달인 클럽이 엮은 『능력 있는 어른의 말하기 비법 총정

리(できる大人のモノの言い方大全)』에는 **"특히 비즈니스 상황에서 정보를 정확하게 전달하기 위해서는 모호한 형용사를 피하고 숫자를 사용해 크기나 길이를 표현한다"**라고 서술되어 있다.

숫자는 누구나 동일한 이미지를 떠올리게 한다.

'100미터 평영'이라는 수영 종목명을 들으면 세계 각국 수영 선수뿐만 아니라 누구나 똑같은 길이를 상상한다.

그러나 '장거리 평영'이라고 표현하면 각자 생각하는 '장거리'가 다를 수 있다.

기업의 매출, 성적, 납품 기한도 마찬가지다.

구체적으로 말하려면 '길다', '높다', '가능한 한 빨리', '늦다', '적당히' 등 사람마다 달리 해석할 여지가 있는 표현을 피하고 구체적인 숫자로 제시해야 한다.

숫자로 바꿔말하기 예시

- 날짜

"빨리 마무리해주세요." → "○월 ○일까지 마무리해주세요."

- 가격

"견적이 높게 나왔습니다." → "견적이 100만 원 나왔습니다."

- 수량

"넉넉히 인쇄해주세요." → "300장 인쇄해주세요."

2. 고유명사를 넣는다

작가 나카타니 아키히로는 『면접의 달인-바이블편(面接の達人:バイブル版)』에서 **"면접관에게 깊은 인상을 남기려면 가능한 한 구체적인 단어로 말해야 한다", "구체적인 단어란 간단히 고유명사와 숫자라고 기억하면 된다. 고유명사와 숫자가 없는 이야기는 인상에 남지 않는다"**라며 고유명사와 숫자의 활용을 강조한다.

> ⊙ 고유명사 … 개별 사물이나 사람을 다른 것과 구별하기 위해 붙인 이름. 인명, 회사명, 지명, 국가명, 상품명, 단체명 등.

×나쁜 예

상대 "학생 때 어떤 동아리 활동을 했나요?"

나 "영화를 제작했습니다. 촬영하느라 여러 곳을 다녔습니다."

○좋은 예

상대 "학생 때 어떤 동아리 활동을 했나요?"

나 "영화 제작 동아리에서 감독 직책으로 서스펜스 영화를 매년 2편 찍었습니다. 제주도와 부산 등에서 현지 로케이션을 진행하기도 했습니다."

나쁜 예에서는 답변 내용이 막연해 흐릿한 인상을 준다.

좋은 예에서는 '매년 2편'이라는 숫자와, '서스펜스 영화', '제주도와 부산'이라는 고유명사가 들어 있어 어떤 동아리 활동을 했는지 인상에 깊이 남는다.

구체적으로 말하기 위해 삼가는 대표적 표현으로는 '지시어'를 꼽을 수 있다.

> ⦿ 지시어 … 사물을 가리키는 말.

'이, 그, 저, 어느'와 같은 지시어도 말의 이미지를 모호하게 만든다.

대화에서 '그 사람'이라고 하면 각자 다른 '그 사람'을 떠올릴 수 있다. 하지만 구체적으로 고유명사를 사용하면 오해할 가능성이 사라진다.

| 지시어 예 |

	이	그	저	어느
	말하는 이에 가깝다	듣는 이에 가깝다	말하는 이와 듣는 이 모두에게 멀다	분명치 않다
사물	이것	그것	저것	어느 것
지시	이	그	저	어느

장소	이곳(여기)	그곳(거기)	저곳(저기)	어느 곳(어디)
모습	이런	그런	저런	어떤
방향	이쪽	그쪽	저쪽	어느 쪽

3. 공감 가는 경험담으로 설득력을 높인다

구체적인 사례를 넣어서 말하면 이미지를 떠올리기 쉬워 상대가 메시지를 이해하는 데 도움이 된다. 특히 '경험담'은 공감을 얻고 설득력을 높이는 데 무척 유용하다.

공감을 얻고 설득력을 높이는 '경험담'

- 직접 보고 들은 이야기
- 실패담
- 최근 에피소드

방송작가인 노로 에이시로는 **"독창성 넘치는 체험담이야말로 저 사람은 재미있다고 생각하게 만드는 원천이 된다", "텔레비전이나 인터넷에서 본 이야기보다 직접 겪은 이야기가 가장 좋다"**라고 말한다(『인생이 술술 풀리는 말습관의 비밀』). 노로 에이시로는 재미있는 소재의 힌트는 '머리에 떠오른 의문이나 위화감'이라고 전한다.

이야기 소재에 관해서는 5위 '단골 소재로 막힘없이 잡담한다'를 참고하기 바란다.

×나쁜 예

"어제 라면을 먹었는데 진짜 맛있었어."

○좋은 예

"어젯밤에 ○○에 있는 △△ 라면 가게에 갔는데, 추운 날씨에도 줄이 길어서 30분이나 기다렸어. 거기서 제일 인기 있는 된장 라면을 먹었지! 볶은 채소랑 돼지고기가 잔뜩 올라가 있어 면이 안 보일 정도로 푸짐하더라. 국물은 채소의 감칠맛이 나면서 생각보다 담백했어. 한 방울도 안 남기고 싹 먹었다니까."

나쁜 예에서는 라면을 먹으러 갔다는 사실만 알 수 있어 전혀 구체적이지 않다.

좋은 예에서는 라면 가게 이름을 알려주며 라면의 모양과 맛에 관해서도 상세히 설명해, 듣는 사람이 더 쉽게 이미지를 상상할 수 있다.

경험담 중에서도 특히 '실패담'은 공감과 안도감을 불러일으킨다는 의견이 다수의 명저에서 언급된다.

다마 대학 명예교수이자 작가인 히구치 유이치는 『단 1분 만에

자신감이 생기는 대화법(たった1分でできると思わせる話し方)』에서 친구나 아랫사람과의 대화법 기술 중 하나로 '자신 있는 실패담 만들기'를 소개한다.

"인간이라면 누구나 실패담이 있다. 흔히 실패에 관해서는 잠자코 있는 경우가 많으나 오히려 이를 재미있고 우습게 각색해 익살을 떨어본다. 학창 시절의 실연담, 신입사원 시절의 계약 실패담 등 이야깃거리는 차고 넘칠 것이다."

명저에는 같은 체험담이라도 '최근에' 겪은 이야기가 인상에 더 깊이 남는다는 의견도 있다. 특히 면접이나 자기소개를 하는 상황에서 최근 경험을 재미있는 에피소드로 이야기할 수 있도록 미리 준비해두면 도움이 된다.

9위

'맞장구'와 '끄덕임'으로 공감 표현하기

POINT
1. 흥미를 보이고 감정을 표현한다.
2. 감탄사 + 놀람의 포인트를 말한다.

9위는 '맞장구와 끄덕임으로 공감 표현하기'이다. 상당수의 대화법 전문가가 맞장구와 호응의 중요성을 강조한다.

⊙ 맞장구 … 상대의 말에 장단을 맞추어 잘 듣고 있음을 말로 표현한다.
⊙ 끄덕임 … 긍정, 승낙 등의 의미를 나타내기 위해 고개를 아래위로 가볍게 움직인다.

"'잘 듣고 있습니다'라고 상대에게 전하는 데 가장 좋은 커뮤니케이션 방법은 맞장구치기다."

"사람은 태도를 보고 판단한다. 맞장구는 긍정적 표현이다. 듣는 사람의 긍정적 태도가 맞장구라는 표현으로 말하는 이에게 전해진다."(히가시야마 히로히사 지음, 『듣기의 힘』, 모색, 2005)

"말하는 사람은 듣는 사람의 '반응'을 바라기 마련이다."

"고개를 끄덕이며 '듣고 있어요'라는 신호를 보내고 있는가?"(『누구와도 15분 이상 대화가 끊이지 않는 66가지 Point』)

맞장구의 효과

- 상대가 안심하고 이야기할 수 있다.
- 상대에게 용기를 북돋워준다.
- 이야기를 넓혀나갈 수 있다.

맞장구의 종류

- 호감도가 높아지는 맞장구

"맞아요. ○○지요."

"참 다행이네요."

"처음 들었어요!"

"정말 몰랐어요."

"힘드셨겠어요."

"서운하시겠어요."

"역시!"

"그래요?"

"정말 기쁘시겠어요."

"그거 좋지요."

"저도 그렇게 생각해요."

- 상대를 지지하는 맞장구

"그렇지요. 그런 경우가 있지요."

"확실히 그렇죠."

"정말 이해돼요."

"어머, 그래서 어떻게 됐어요?"

반면에 맞장구가 오히려 상대를 불편하게 만들 때도 있다. 다음과 같은 맞장구는 주의해야 한다.

삼가야 할 맞장구

- 의심한다고 생각하게 만든다

"거짓말!", "설마", "정말로?", "아무리 그래도……."

- 위화감을 느끼게 한다

"아, 그렇군요."(여러 번 반복할 때)

- 제대로 듣고 있는지 의구심을 품게 한다

"아, 그래그래."(기계적으로 계속 맞장구칠 때)

- '그런 건 알고 있어'라고 오해하게 만든다

"네네네."(계속 맞장구칠 때)

1. 흥미를 보이고 감정을 표현한다

마음이 담기지 않은 호응은 상대에게 가닿지 않는다.

상대가 기분 좋게 이야기를 풀어나가길 바란다면 **상대의 말에 흥미 있음을 드러내야 한다.** 상대의 얼굴을 보면서 감정을 담아 맞장구치는 것이 가장 좋은 표현이다.

컨설턴트이자 작가인 야스다 다다시는 이렇게 말한다.

"여기서 포인트는 이야기를 귀 기울여 듣고 호응하는 말과 행동에 감정을 담는 것이다. 즉 상대가 '이 사람은 내 이야기를 제대로 들어주고 있구나'라고 느끼도록 하는 데 목적이 있다."(『시시하게 느낀 잡담이 어떻게 직장생활에 무기가 되는가』)

2. 감탄사 + 놀람의 포인트를 말한다

감정을 실어 표현하는 효과적인 방법은 바로 감탄사다.

⊙ 감탄사 … 감탄(감격이나 감동)을 나타내는 말. '어머나', '아이고', '우아' 등.

일본 TBS 아나운서 아즈미 신이치로는 사이토 다카시와의 공저 『말하는 힘』에서 **"'우아' 하고 놀라거나 '아아' 하고 공감을 표현해도 좋다. 이때 놀라거나 공감했다는 구체적 포인트를 같이 전하면 단숨에 상대의 마음을 사로잡을 수 있다"**라고 말한다.

놀람이나 공감의 맞장구만으로는 상대가 부족하다고 느낄 때는 아즈미가 추천하듯이, **'감탄사(공감의 맞장구) + 놀란 포인트'**를 세트로 활용해도 좋다.

예문

"우아! 좀처럼 구하기 어려운 정보잖아요. 어떻게 입수하셨어요?"

감탄사 뒤에 구체적 포인트를 덧붙이면 감정이 더 잘 전달된다.

10위

사과를 먼저 하고, 변명은 나중에 하기

POINT | 1. 이유나 변명을 말하기 전에 사과부터 한다.
2. 곧바로 사과한다.

10위는 '사과를 먼저 하고, 변명은 나중에 하기'이다.

대화 전문가들은 "말대답하지 않는다", "잘못했으면 솔직하게 사과한다", "업무상 지적을 받으면 사과부터 한다" 등 사과하기와 변명하지 않기의 중요성을 강조한다.

⊙ 변명 … 자기 잘못에 대해 어쩔 수 없었던 사정을 이리저리 설명하며 정당화하는 것.

심리학자 나이토 요시히토는 "**자신에게 문제가 있을 때는 곧바로 사과하는 것이 끌리는 사람의 기술이다. '죄송합니다' 이 한마디**

는 어떤 상대에게나 유효하다"라고 말한다(『친절한 사람이고 싶지만 호구는 싫어』, 포레스트북스, 2018).

또 고대 그리스 철학자 아리스토텔레스는 **"말대답하거나 죄를 부정하는 자에게는 한층 더 엄한 형벌을 내리지만 벌 받아 마땅하다고 인정하는 자에게는 노여움을 거둔다"**라고 이야기한다(『아리스토텔레스 수사학』). 우선 자기 잘못을 인정하면 상대의 화를 돋우는 일 없이 상황을 마무리 지을 수 있다.

아무리 나이 많은 사람이라도, 아무리 성공한 사람이라도 누구나 실패하거나 실수할 수 있다.

실패나 실수를 저지르지 않으려고 조심하는 것도 중요하지만, **실패와 실수한 뒤의 대응이 무엇보다 중요**하다. 어떻게 대응하느냐에 따라 상황이 크게 달라진다. 이때는 '사과부터 하기'가 기본이다.

✓ '곧바로 사과하기'는 생각보다 어렵다

왜 곧바로 사과하기가 어려울까?

흔히 '사과를 하면 자신이 졌다고 생각하기 때문'이다. 그러나 많은 전문가는 **"머리를 숙이는 것이 이기는 것이고 곧바로 사과하는 것이 이득"**이라고 지적한다. 적절히 사과하면 오히려 전보다 관계가 더 돈독해진다.

작가이자 심리상담사인 이오타 다쓰나리는 트러블이 발생했을 때의 사고법에 관해 **"업무상 문제가 발생했을 때 '누구의 잘못인가'는 고려 대상이 아니다. '어떻게 말해야 이득이 될까'만 생각해야 한다"**라고 설명한다(『말투 때문에 말투 덕분에』).

그렇다면 어떤 식으로 사과해야 할까? 사과의 포인트는 크게 두 가지다.

1. 이유나 변명을 말하기 전에 사과부터 한다

잘못을 지적받거나 비난당했을 때 받아들이지 못하고 변명을 늘어놓는 경우가 있다. 그러나 상대는 변명으로 만족하지 않는다. **변명하면 할수록 상대의 신경을 건드릴 뿐이다.**

✓ 변명하지 않을 때의 장점

- 사태가 원만히 수습된다.
- 호감도가 올라간다.

전철이 지연되어 상사나 거래처와의 약속 시간에 늦은 상황에서도 마찬가지다.

×나쁜 예

"제시간에 출발했는데, 건널목 신호가 고장 나서 전철 안에 20분이나 발이 묶여 있었습니다. 정말 죄송합니다."

○좋은 예

"늦어서 정말 죄송합니다."

나쁜 예에서는 변명한 다음 사과를 건넨다. 아무리 전철이 지연되어 늦었더라도 상대를 기다리게 했으니 사과를 먼저 해야 한다.

좋은 예에서는 변명하지 않고 사과부터 한다. 우선 사과하고 상대가 "무슨 일이야?" 하고 물으면 늦은 이유를 설명한다.

특히 직장에서 상사에게 주의를 받거나 꾸중을 들으면 자신의 실수가 아니더라도(상대가 엄청나게 잘못 알고 있는 경우가 아니라면) 변명하지 않고 우선 사과하는 것이 기본이다.

이미지컨설턴트 요시하라 다마오는 『'더 대화하고' 싶어지는 사람의 44가지 법칙(「もっと話したい!」と思われる人の44のルール)』에서 **"사과 먼저 하는 것은 '당신의 기분을 상하게 하고 오해하게 만들어 죄송합니다'라는 마음을 표현하는 데 의미가 있다"**라고 설명한다.

변명이 필요할 때는 사과한 다음 적절한 시기를 보아 설명한다. 상사에게 지적받았을 때도 우선 사과한 뒤 지적받은 일에 대한 감사의 말을 전하면 호감도가 높아진다.

사과의 순서

- 사과한다

"죄송합니다."

↓(상대가 이유를 묻거나 추가 설명이 필요할 때는 변명한다)

- 감사를 전한다

"지적해주셔서 감사합니다. 덕분에 잘 배웠습니다."

이때 불필요한 말대답을 삼간다. 이를테면 다음과 같은 표현이다.

"그런데 그건……."

"말씀을 부정하는 것은 아니지만……."

"그렇군요. 말씀하시는 의미는 알겠습니다. 그런데……."

"그 점에 대해서 반대 의견을 말씀드리자면……."

"○○씨가 ××라고 해서……."(다른 사람 탓으로 돌린다)

2. 곧바로 사과한다

꾸중을 듣거나 주의를 받았을 때 어떻게 대응하느냐에 따라 주변의 평가와 인상이 달라진다. 이때 핵심은 '곧바로' 사과하는 것이다.

오노 모에코는 『바꾸어 말하기』에서 '사과의 3원칙'을 소개한다.

- **사실을 인정하기**
- **단순하게 말하기**
- **1분 1초라도 빨리 하기**

메이지 대학 문학부 교수이자 해설자로 활약하는 사이토 다카시는 **"'죄송합니다'라는 사과의 말을 나중으로 미뤄놓고 잊어버린 적 없는가? 미안한 마음이 너무 크면 오히려 그 말을 이미 했다고 생각해버린다"**라고 이야기하며 미안하다는 사과의 말을 잊지 않도록 주의를 당부한다(『1분 감각』, 위즈덤하우스, 2011).

또 전화로 사과를 끝내는 것이 아니라 직접 만나서 대화를 나눠야 할 때도 있다.

노로 에이시로는 **"트러블이 발생하거나 상대에게 사과해야 하는 상황에서는 아무리 바빠도 반드시 시간을 내어 직접 만나러 갑니다"**라고 이야기한다(『인생이 술술 풀리는 말습관의 비밀』). 전화로 말할 때보다 직접 만나 대화할 때 뉘앙스가 더 잘 전달되기 때문이다.

대화법 명저 100권 가운데는 '과한 사과'의 주의점에 대해서도 언급되어 있다.

상대는 그만 잊고 싶은데 시간이 지나서까지 거듭 반복하며 "그때는 정말 죄송했습니다"라고 사과하면 오히려 역효과가 난다.

사회심리학자인 시부야 쇼조는 다음과 같이 지적한다.

"이미 정리되어 '지난 이야기'인데 굳이 자꾸 끄집어내 사과하면 상대는 듣기 거북해진다. 그러는 사이 불편한 감정이 생겨나고 그 사람과는 만나고 싶지 않다는 생각을 하게 된다."(『사소하지만 강력한 말의 기술』)

미안하다고 생각하는 '사과의 마음'은 중요하다. 하지만 그 마음에 연연해하기보다 **'같은 실수를 반복하지 않겠다'는 각오를 다지고 실패를 성공으로 바꿔가려는 태도가 중요하다.**

11위

짧게 말하기

> POINT
> 1. 군더더기를 없앤다.
> 2. 짧은 문장으로 말한다.

11위는 '짧게 말하기'이다.

'글쓰기 방법'에 대해 다룬 『결국은 문장력이다』에서는 글쓰기 책 베스트셀러 100권에서 뽑아낸 가장 중요한 기술로 '간단한 문장으로 표현하기'를 소개했다.

글쓰기 전문가들은 이구동성으로 '쓸데없는 표현을 빼고 간결하게 쓰기'를 권한다. '말하기'도 마찬가지다.

말하기 전문가 대부분이 '짧게 말하기'를 중요한 대화 기술로 소개한다.

"긴 문장을 짧게 만들기만 해도 듣는 사람에게 전달되는 메시지가 달라진다."(『전달법의 마술』)

짧게 말하기란 '**말 전체를 짧게 한다, 짧은 문장을 말한다**'라는 의미다.

그렇다면 왜 '짧게 말하는 것'이 좋을까?

✓ 짧게 말하는 것의 장점

- 상대가 기억하기 쉽다.
- 메시지가 더 잘 전달된다.

가나자와 공업대학(KIT) 도라노몬 대학원 교수이자 저술가인 미타니 고지는 **"사람이 한 번에 받아들이는 정보량에는 한계가 있다. (…) 15초 이내에 90퍼센트의 정보가 사라지는데, 그 이상 기억할 수 있는 정보는 숫자로 7개, 글자로 6개, 단어로 5개밖에 안 된다."**(『단숨에 핵심을 전달하는 기술(一瞬で大切なことを伝える技術)』)

그러나 글을 짧게 쓸 때 메시지가 더 잘 전달되는 이유는 기억의 문제만이 아니다.

커뮤니케이션 전문가 쓰루노 미쓰시게는 『'바로' 써먹는 똑똑한 설명법(頭のいい説明「すぐできる」コツ)』에서 **"글을 짧게 줄이려고 노력할수록 말하는 이는 엄밀히 따져서 단어를 선택한다"**라고 설명한다.

어떻게 표현해야 제대로 전달될지 고심하기 때문에 쓸데없는 말을 버리고 듣는 사람이 이해하기 쉬운 어휘를 선택하게 된다.

그래서 말을 짧게 하려고 의식할수록 알아듣기 쉬운 말이 되는 것이다.

1. 군더더기를 없앤다

이야기를 짧게 만들 때 중요한 것은 군더더기 표현을 덜어내는 것이다.

말하기 전문가들이 덜어내기를 제안하는 군더더기 표현은 다음 세 가지다.

덜어내기 좋은 표현

▶ 어미

- **'~라고 생각합니다'**

  → '~입니다'

  예 "매출 목표를 달성하기 위해 노력하고 싶다**고 생각합니다.**"

  → "매출 목표를 달성하기 위해 노력하겠습니다."

- **'~하도록 하겠습니다'**

  → '~하겠습니다'

  예 "발매를 하도록 하겠습니다."

  → "발매하겠습니다."

- **'~하게 되었습니다'**

  → '~했습니다'

  예 "새로운 사업을 시작**하게 되었습니다.**"

  → "새로운 사업을 시작했습니다."

▶▶ 수식어

'철저하게', '상당히', '빈틈없이', '의연하게', '열심히' 등.

▶▶ 접속어

'그리고', '그래서', '그런데' 등.

2. 짧은 문장으로 말한다

문장을 간략하게 만들고, 짧은 문장으로 말을 이어간다. 이야기 하나하나를 일단락 짓는 느낌으로 문장을 끊는다. 연결 어미로 계속 말을 잇는 것이 아니라, '입니다'로 문장을 매듭짓는다.

× 나쁜 예

"어제는 영업 외근이 있는 날이었는데 아침에 오후부터 비가 쏟아진다는 일기예보를 보고 거추장스러웠지만 우산을 챙겨갔습니다."

○ 좋은 예

"어제는 영업 외근이 있는 날이었습니다. 아침에 오후부터 비가 쏟아진다는 일기예보를 보았습니다. 거추장스러웠지만 우산을 챙겨 갔습니다."

나쁜 예에서는 한 문장이 계속 이어지지만, **좋은 예**에서는 마침표로 문장을 짧게 나누었다. 문장을 구분하면 메시지가 훨씬 잘 전달된다.

이야기가 길게 늘어지는 이유로는 '말의 핵심', '이야기를 다 듣고 상대가 어떻게 해주기를 바라는지'와 같은 말의 포인트가 정리되지 않았기 때문이라는 의견도 있다.

이야기를 잘 정리해서 전하려면 **미리 말할 내용을 정리**해두는 것이 좋다.

12위

웃는 얼굴로 대화하기

POINT
1. 자꾸 연습해 웃는 얼굴에 익숙해진다.
2. 웃는 얼굴 + α로 상대와의 거리를 좁힌다.
3. 웃는 얼굴도 상황과 장소를 가린다.

12위는 '웃는 얼굴로 대화하기'이다.

상대가 '더 대화하고 싶다'고 느끼게 하려면, 말하는 내용뿐만 아니라 표정에도 주의를 기울여야 한다.

표정이 만들어내는 이미지는 비즈니스, 연애, 가족이나 친구 관계 등 온갖 상황에서 효과를 발휘한다.

대화법 전문가들은 '좋은 인상을 주는 표정', '커뮤니케이션의 기본 중 기본'으로 '웃는 얼굴'을 꼽는다.

⊙ 웃는 얼굴 … 입꼬리를 올려 생긋생긋 웃는 것.

호시 와타루는 『입만 열면 손해 보는 사람들을 위한 대화책』에서 이탈리아의 비교행동학자 이레노이스 아이블아이베스펠트(Irenäus Eibl-Eibesfeldt)가 실시한 '인사'의 역할에 대한 조사 결과를 소개한다.

아이베스펠트가 인도네시아 발리에 사는 원주민과 파푸아인 등 문화도 종교도 다른 사람들의 '인사 행동'을 관찰했다. 그 결과 인종과 문화, 풍습 등에 따라 형성된 독자적인 인사 형태를 지니는데 한 가지 공통점이 있음을 확인했다.

"그 공통점은 '누군가를 만나면 서로 마주 보고 0.2초 정도 눈썹을 살짝 치켜든 뒤 미소를 짓는다'는 점이다. 아이베스펠트는 '미소'라는 행위가 긴장을 해소하고 서로의 공격성을 완화하는 데 도움이 된다고 결론 내렸다."

비즈니스 컨설턴트이자 교토고카 여자대학 경력개발학과 객원교수 와다 히로미는 "표정만 바꿔도 호감 얻는 사람이 될 수 있다"고 말하며 **"웃는 것은 누구나 할 수 있다. 미소라는 간단한 방법이 엄청난 차이를 만들어낸다"**라고 설명한다(『기분 좋게 설득하는 대화법』, 새론북스, 2008).

대화법 전문가들은 '웃는 얼굴은 누구나 쉽게 실천할 수 있으며 장점이 많은 커뮤니케이션 방법'이라고 강조한다.

✓ 웃는 얼굴로 대화할 때의 장점

- 입꼬리를 올린 상태에서 말하므로 인상이 부드러워진다.
- 이야기를 들을 때 미소를 지으면 상대는 '내 이야기를 경청한다'고 느낀다.
- 상대가 긴장을 풀게 된다.
- 서로에 대한 경계심을 없앤다.
- 말하는 사람도 듣는 사람도 기분이 좋다.
- 자신감이 전해진다.
- 장소의 분위기를 바꾼다.

웃는 얼굴로 대화할 때 세 가지 포인트가 있다.

1. 자꾸 연습해 웃는 얼굴에 익숙해진다

웃는 얼굴의 중요성을 알고 있어도 막상 실천하기 힘든 순간이 있다. 청중 앞에 서거나 대화가 어색한 상황에서는 긴장되어 제대로 미소를 짓지 못한다. 그럴 때는 자연스럽게 웃으면서 말하기 어렵다.

하지만 평소에 의식적으로 미소 짓고 대화하는 연습을 하면 자연스레 웃는 얼굴로 말할 수 있다.

아나운서 우오즈미 리에는 『하루 만에 목소리까지 좋아지는 말하기 교과서』에서 **"웃는 얼굴은 동기화된다"**라며 **"아주 살짝만이라도 입꼬리를 올리는 느낌으로 대화에 임해보라. 웃고 싶지 않은 대화에서 웃음을 지으려니 부자연스럽다고 생각할 수도 있으나 효과가 엄청나다"**라고 설명한다.

웃고 싶지 않은 순간에도 대화하는 동안 웃음을 띠면 상대가 안심하고 분위기도 좋아져 말하기가 편해진다.

말하기 기술의 명저 100권에 소개된 '웃는 얼굴 훈련법'은 다음과 같다.

웃는 얼굴을 익히는 방법

- '어색한 웃음'이라도 괜찮으니 계속 연습한다.
- 아침마다 거울을 보며 마음에 드는 미소를 지어본다.
- 말끝에 무언의 '이'를 붙인다.

  "또 같이 작업하면 좋겠네요(이)."

  "정말 감사합니다(이)."

  "안녕하세요(이)."
- 싫은 일이 있거나 짜증이 나도 우선 웃는 얼굴을 만든다.

2. 웃는 얼굴 + α로 상대와의 거리를 좁힌다

웃는 얼굴만이 아니라 목소리, 시선을 의식하면 상대에게 더 좋은 인상을 줄 수 있다.

이미지 컨설턴트 요시하라 다마오는 "눈이 주는 인상도 고려해야 한다"며 다음과 같이 설명한다.

"웃는 얼굴을 만드는 간단한 요령은 '입꼬리를 5밀리미터 올리기'이다. 즉, 미소 지은 표정을 유지하는 것이다. 더불어 '눈'이 주는 인상도 강조하고 싶다."

"입으로 친절한 말을 해도 눈이 웃지 않으면 가식처럼 들리고 상대에게 거절한다는 느낌을 준다. 눈은 말과 동등한 힘을 가진 메신저다."(『'더 대화하고' 싶어지는 사람의 44가지 법칙』)

나가마쓰 시게히사도 『말버릇을 바꾸니 운이 트이기 시작했다』에서 **"상대에게 얼마나 관심이 있는지 보여주는 것이 중요하다"** 면서 이를 효과적으로 드러내는 방법은 **"웃는 얼굴로 이야기를 들으면서 감정을 실은 말에 몸짓을 더해 상대의 말에 리액션하는 것이다"**라고 설명한다. 그리고 '표정', '목소리', '전체적 느낌'을 효과적으로 활용해야 한다고 덧붙인다.

웃는 얼굴을 더욱 돋보이게 하는 방법

- 입뿐만 아니라 눈으로도 웃는다.
- 얼굴은 미소를 유지하고 '목소리'와 '몸짓'에도 신경 쓴다.

3. 웃는 얼굴도 상황과 장소를 가린다

웃는 얼굴은 커뮤니케이션에서 매우 중요하다. 그러나 웃으면서 이야기하는 것이 항상 좋은 것만은 아니다.

웃는 얼굴도 상황과 장소를 가려야 한다.

도다 구미는 『가슴에 바로 전달되는 아들러식 대화법』(나무생각, 2015)에서 **"'웃는 얼굴로 말하면 호감을 얻는다'라는 생각은 큰 착각"**이라고 지적하면서, '말하기 어려운 내용'을 전할 때는 웃는 표정을 짓지 말아야 한다고 설명한다.

웃는 얼굴로 말하지 말아야 할 내용

- 상대의 부탁을 거절할 때
- 상대에게 부담되는 부탁을 할 때
- 상대를 주의시킬 때

이러한 상황에서 '상대에게 미움을 사고 싶지 않다'는 생각에 웃는 얼굴로 말하면 말하는 내용이 진지하게 전해지지 않는다.

도다는 **"일부러 신경 써서 지은 미소가 오히려 메시지를 흐리게 할 때도 있다. 진지한 상황에서는 진지한 마음을 표정에 드러내는 편이 낫다"**라고 조언한다.

말하기 전문가들은 이 밖에도 웃는 얼굴을 삼가야 할 여러 상황을 소개한다.

웃는 얼굴을 삼가야 할 상황

- 동료의 가까운 사람이 아프다는 이야기를 들었을 때
- 고객이 과거의 슬픈 경험을 이야기할 때
- 웃을 이유가 없을 때

대화할 때는 상대의 기분을 살피고 그 감정에 공감하는 표정을 지어야 한다.

상대가 슬퍼할 때는 그 기분을 헤아릴 줄 아는 것이 중요하다. 대화의 기본은 웃는 얼굴이지만, 상황이나 이야기의 주제를 고려해서 판단해야 한다.

13위

혼내는 것과 화내는 것 구별하기

POINT
1. 인격을 부정하지 않는다.
2. '사실 + 개선점 + 이유'를 알려준다.
3. 혼낼 때도 존경과 애정을 담아서 말한다.

13위는 '혼내는 것과 화내는 것 구별하기'이다.

직장에서 부하직원을 꾸짖거나, 가정에서 아이를 혼내거나 배우자에게 화낼 때도 어떻게 말하느냐에 따라 상대가 받아들이는 방식에 큰 차이가 난다. '혼내는 것'과 '화내는 것'은 어떻게 다를까?

⊙ 혼내다 … 아랫사람의 실수나 결점 등을 (고치려는 의도로) 강한 말로 나무란다. 주의를 주는 데 목적이 있다.

⊙ 화내다 … 성질을 내다. 간혹 '꾸짖다'의 의미로도 쓰인다. 분노의 감정을 동반한다.

말하는 방법을 다룬 100권의 책 중에는 **"상대의 성장을 위해 실수를 지적하는 것이 '혼내는 것'이고, 자신의 분노를 상대에게 쏟아내는 일방적인 행위가 '화내는 것'이다"**라고 정의하는 경우도 있지만, 이 책에서는 초점이 훈계에 있을 때 '꾸짖다, 혼내다'라는 표현을 사용한다.

전문가들의 의견을 종합해보면 혼내는 목적은 **'상대의 성장을 위해 개선을 촉진하는 것'**이다.

부하직원을 성장시키는 것은 경영자나 상사의 역할이다. 그러나 '혼내면 관계가 나빠지지 않을까', '괴롭힌다고 생각하지 않을까' 염려되어 혼내기를 부담스러워하는 사람이 적지 않다.

실제로 혼내는 방식이 적절치 않으면 상대에게 상처가 되기도 하고 갑질이 되기도 한다.

오노 모에코는 『바꾸어 말하기』에서 **"조직에서는 직책이나 연차에 따른 '상하관계'가 명확하므로 윗사람이 아랫사람을 공격하거나 조정하면 자칫 갑질이 되기 쉽다"**라고 경고한다.

그렇다면 말하기 전문가들은 부하를 어떻게 꾸짖을까?

1. 인격을 부정하지 않는다

상대의 성장을 위해 혼내는 상황이라도, 감정이 격해지면 무심코 상대의 인격을 부정하는 말이 나올 수 있다.

⊙ **인격** … 인간으로서의 존재, 성격, 인간성.

전문가들은 혼낼 때 상대에게 하지 말아야 할 말로 **'인격을 부정하는 말'**을 꼽는다.

삼가야 할 '인격 부정' 표현

"너는 글렀다."
"네가 하는 일은 의미가 없다."
"그냥 바보 아니냐."
"멍청이."
"굼벵이 같으니라고."
"넌 이 일에 안 맞아."
"무책임하네."
"칠칠치 못하긴."

혼내는 목적은 듣는 사람을 성장시키는 데 있다. 그러나 '인격을 부정하는 말'은 상대의 성장을 돕기는커녕 의욕과 자신감을 잃게 하고 자기 긍정감을 낮춘다. 결국 상대는 주눅이 들어 아무것도 하지 못하게 된다.

혼낼 때는 '인격'을 건드리지 않도록 주의해야 한다.

그 밖에도 '(대답할 수 없는) 원인을 추궁하는 말', '자기 안위를 걱정하는 말'은 피해야 한다.

삼가야 할 '원인 추궁' 표현

"왜 이런 것도 제대로 못 해?"

"왜 그렇게 일이 느려?"

"왜 하라는 대로 못 하는 거야!"

삼가야 할 '자기 안위를 걱정하는' 말

"네가 실수하면 내 평가가 떨어진다고."

2. '사실 + 개선점 + 이유'를 알려준다

꾸짖을 때는 어떤 점에 주목해야 할까?

전문가들은 **'행동'이나 '사실'에 주목하기**를 권한다. '사람'이 아니라 '일'에 초점을 맞춰 혼내는 것이다.

이럴 때는 '어떻게 개선해야 하는지' 구체적으로 말하고 이유를 덧붙인다. 즉, '사실+개선점+이유'를 한 세트로 전달한다.

신입사원이 회의에 지각한 상황을 예로 들어보자.

×나쁜 예

"칠칠치 못하긴. 좀 더 제대로 할 수는 없어?"

○좋은 예

"오늘 회의에 20분 지각했군. 회의에 지각하지 않는 게 좋아. 그룹 회의에 참석할 때는 시간을 잘 지키도록 해. 자네만 정보를 공유하지 못하면 업무에 지장이 생길 수 있으니 말이야. 어떻게 해야 지각하지 않을지 같이 생각해보자고."

나쁜 예에서는 '칠칠치 못하다'며 인격을 부정한다. 게다가 제대로 하라고 애매하게 지시한다.

좋은 예에서는 인격을 건드리지 않고 '회의에 20분 지각한 일(사실)'을 언급하며, '시간을 잘 지키라(어떻게 하기를 바라는지)'고 명확하게 설명한 뒤, '업무에 지장이 생긴다(이유)'고 덧붙인다.

애매한 표현 피하기

"제대로 해."

"빈틈없이 해."

"평범하게 해."

"똑바로 해."

3. 혼낼 때도 존경과 애정을 담아서 말한다

꾸짖는 목적은 상대의 성장을 바라고 개선을 촉진하는 데 있다. 상대에 대한 존경과 애정이 전제되는 행위다.

혼낼 때는 자칫 감정적인 상태가 되기 쉬우므로 일부러라도 상대에 대한 '존경'을 의식할 필요가 있다.

전문가들은 혼내는 방법의 포인트를 기억하기 쉽게 소개한다.

아가와 사와코는 『혼나는 힘—상처받지 말고 성장하라』(흐름출판, 2015)에서 잡지 편집장에게 배운 방법이라며 '혼내는 비법' 7가지를 소개한다(이 아이디어를 낸 사람은 라이프 밸런스 매니지먼트 연구소 와타나베 다카시다).

혼내는 비법 7가지 - 빌려온 고양이(가리테키타 네코)

- 감정적으로 되지 않는다.
- 이유를 말한다.
- 간단하게 말한다.
- 캐릭터(성격이나 인격)는 언급하지 않는다.
- 다른 사람과 비교하지 않는다.
- 마음에 담아두지 않는다.
- 따로 불러서 혼낸다.

말하기 기술을 다룬 베스트셀러 중 아이를 혼내는 방법에 관한 책도 다수 포함되어 있다. 부하직원을 꾸짖는 상황에도 참고할 수 있다.

아이를 혼내는 노하우

- 가능하면 "안 돼!", "아니!"라는 표현을 쓰지 않는다.
- 과정에 주목한다(능력을 부정하지 않는다).
- 부모의 기분을 전한다.
- 행위를 혼낸다(인격을 부정하지 않는다).
- 이유를 설명한다.
- 아이가 이해할 수 있는 어휘를 사용한다.

14위

윗사람과 예의 있게 대화하기

POINT

1. 상사나 윗사람에게는 정중한 말투를 사용한다.
2. 반론은 상대의 말을 듣고 난 뒤에 한다.
3. 상사가 묻기 전에 보고한다.
4. 언제나 배우는 자세로 임한다.

14위는 '윗사람과 예의 있게 대화하기'이다. 윗사람과 대화할 때는 긴장하고 상대를 배려하다 보니 말수가 적어지기 쉽다. 그러나 말하는 요령만 기억하면 자연스러운 커뮤니케이션이 가능하다.

전문가들은 윗사람과 대화할 때 '예의 있게 말하기'가 중요하다고 강조한다. 하지만 상대가 연장자라고 해서 지나치게 겸손해하지 말고 자기 의견을 확실히 말해야 한다고 덧붙인다.

다마 대학 명예교수 히구치 유이치는 『단 1분 만에 자신감이 생기는 대화법』에서 **"예스맨으로 출세할 수 있는 회사도 있겠지만,**

그런 회사의 미래는 보나 마나 뻔하다. 제대로 된 조직이라면 윗사람의 약점을 날카로운 시선으로 바라보는 존재가 인정받기 마련이다" 라고 말한다.

1. 상사나 윗사람에게는 정중한 말투를 사용한다

윗사람과 말할 때는 **행동뿐만 아니라 정중한 말투로 적절한 어휘를 선택해야** 한다.

특히 **거만한 표현이나 좋고 나쁨을 평가하는 말은 삼간다.**

> ⊙ 거만한 태도 … 상대보다 우위에 있다고 생각하며 잘난 체하거나 다른 사람을 얕보는 태도.

'매너 분야 독보적 존재'라고 불리는 가나모리 다카코는 『입사 1년 차 비즈니스 매너 교과서(入社1年目ビジネスマナーの教科書)』에서 건방지게 보이지 않으려면 **'명령형을 청유형이나 의문형으로 바꾸고 쿠션 표현을 사용'**하라고 조언한다.

> ⊙ 쿠션 표현 … 본론으로 들어가기 전에 한마디를 더해 어투를 부드럽게 만드는 표현. "괜찮으시다면", "폐가 되지 않는다면", "바쁘신 중에 죄송하지만" 등.

똑같은 내용을 전하더라도 상대를 배려하는 말 한마디를 덧붙이면 인상이 크게 달라진다.

'명령형 → 의문형' 예문

× "방문해주세요." (명령형)

↓

○ "방문해주시겠습니까?" (의문형)

쿠션 표현 활용 예

"괜찮으시다면, 지금 보고드려도 될까요?"

"바쁘신 중에 죄송합니다만, 잠깐만 시간을 내주실 수 있나요?"

'거만한 표현, 좋고 나쁨 평가 → 경의 표하기' 예문

× "좋네요."

↓

○ "감명받았습니다."

직장 내 또는 거래처의 연장자뿐만 아니라 사적으로 어르신을 대할 때도 정중하고 배려가 담긴 말을 전한다.

예를 들어, 조부모와의 대화에서는 어떻게 말하면 좋을까? 다도가인 시오쓰키 야에코의 책에 힌트가 있다.

"'할아버지가 계신 덕분에……', '할머니께 배우고 싶은 게 아직 많

이 남았어요'처럼 의지하고 있다는 느낌을 주면서 기운을 북돋워드린다."

"젊은 사람은 고령자 특유의 마음을 헤아려 대할 의무가 있다. 따뜻한 대응은 고령자의 마음에 생기를 불어넣고 흡족함을 안겨줄 것이다."(『품위 있게 말하는 법』)

물론 대화법 전문가의 의견 중에는 **'직위나 입장에 따라 말투나 마음가짐을 바꾸지 않는다'**는 반대 의견도 있다.

2. 반론은 상대의 말을 듣고 난 뒤에 한다

앞서 언급했듯이, 상대가 상사나 윗사람이라고 하더라도 **'지나치게 겸손해하지 않기', '자기 의견을 분명히 밝히기'는 매우 중요하다.**

자기 의견을 말하지 않으면 '수동적인 자세가 습관이 된다', '만만해 보인다', '인정받지 못한다' 등의 단점이 따라온다. 자기 생각과 의견을 확실하게 전하는 것이 좋다.

다만 반론하는 데도 순서와 요령이 필요하다.

"부장님 방식이 틀렸습니다"와 같이 느닷없이 반론부터 내놓으면, 상대는 경계심이 발동해 아예 의견을 듣지 않으려 할지도 모른다.

반론을 제시하는 요령은 크게 두 가지로 나뉜다.

반론을 제시하는 요령

- 쿠션 표현을 활용한다.
- 우선 상대의 의견을 받아들인다.

후쿠다 다케시는 『여자는 말하는 법으로 90% 바뀐다』(이아소, 2018)에서 반론을 부드럽게 만드는 '마법의 말'을 소개한다.

반론의 거부감을 완화하는 마법의 말

- 외람된 말씀이지만,
- 죄송합니다만, 한 말씀 드려도 될까요?
- 긴장해서 잘 말할 수 있을지 걱정되지만,
- 뭣 모르고 드리는 말씀인 것 같아 송구하지만,
- 죄송하지만, 제 생각을 말씀드려도 될까요?
- 틀릴지도 모르지만, 저는 이렇게 생각합니다.

반론할 때 이처럼 쿠션이 되는 표현을 '밝고 경쾌한 어조로' 사용하면 상대도 귀를 기울이게 된다.

만약 상대가 대하기 어려운 상사일 때는 더욱 큰 노력이 필요하다.

히구치 유이치는 **'마치 칭찬인 듯한 의견을 나열하고 마지막에 반론을 덧붙이는 방법'**을 소개한다.

"'말씀하신 대로입니다. 왜냐하면……' 뒤에 근거를 잔뜩 제시한다. 그러고 나서 마지막에 반론을 살짝 덧붙인다. '그렇지만 ~한 경우를 고려해볼 수 있습니다'와 같은 식이다."(『단 1분 만에 자신감이 생기는 대화법』)

반론은 상대에게 불쾌함과 긴장감을 줄 수밖에 없다.

"말씀하신 대로입니다"라고 일단 상대의 의견을 받아들이면 부정적 감정을 조금 완화하는 효과가 있다.

우선 상대의 의견을 인정한 뒤, 마지막에 반대 의견을 제시한다.

3. 상사가 묻기 전에 보고한다

말하기 전문가들은 **상사에게 하는 '보고·연락·상의'는 상대가 묻기 전에 하라**고 조언한다.

"지난번 이벤트 보고서는 어떻게 됐어?" 하고 상사에게 질문을 받고 나서 급히 대답하려고 하면 좀처럼 생각이 정리되지 않는다. 횡설수설하다가 결국 만족스러운 대답을 내놓지 못할 수도 있다.

그러나 **상대가 묻기 전에 자신의 타이밍에 맞춰 보고하면 제대로 정리된 내용을 전달할 수 있다.**

이 밖에도 묻기 전에 보고해야 하는 이유는 다음과 같다.

- **물어볼 때까지 가만히 있으면 주체성이 부족한 '수동적인 사람'으로 오해받는다.**
- **미리 보고하지 않으면 일의 진행이 늦어진다고 생각한다.**

그렇다면 상사에게 보고할 때는 어떤 점에 주의해야 할까?

상사에게 보고할 때 포인트

- 결론부터 말한다.
- '의견'이 아니라 '사실'을 전한다.
- 5W3H를 활용한다.

5W3H는 언제(When), 어디서(Where), 누가(Who), 왜·동기(Why), 무엇을·과제(What), 어떻게(How), 얼마나(How many), 가격(How much)이다.

흔히 접하는 '5W1H(4위 참조)'에 얼마나와 가격을 더해 한결 상세하게 보고한다.

베리타스 대표이사 도쓰카 다카마사는 『세계 최고의 인재들은 어떤 루틴으로 일할까』(더퀘스트, 2021)에서 **'확인형 보고·연락·상의'**를 제안한다.

"저는 ○○라고 생각하는데 괜찮을까요?"라고 확인받는 방식이다.

"확인형 보고는 일을 효율적으로 진행하는 데 필수적일 뿐만 아니라 상대에게 신뢰감을 준다."

또 직장 엘리베이터 등 상사와 둘만 있는 상황에서 먼저 말을 건네면 적극성을 인정받고 상대에게 좋은 인상을 남길 수 있다는 전문가의 의견도 있다.

4. 언제나 배우는 자세로 임한다

윗사람과의 대화에서 적절한 화제를 찾지 못해 곤란한 순간이 있다. 상대와 나이 차가 많을 때는 더욱 그렇다. 이때는 '배우는 자세'가 중요하다.

모티베이션&커뮤니케이션스쿨 대표 기류 미노루는 『상대의 마음을 얻는 일류 대화법』에서 **"연장자가 아랫사람을 지도하려는 것은 인간의 자연스러운 본능"**이라며 **"자손을 남기려는 인간의 본능과 마찬가지로 윗사람이 아랫사람에게 경험을 계승하려는 본성이 DNA에 새겨져 있는 것"**이라고 설명한다. 요컨대 인간이 **"가르치고 싶어 하는 존재임을 이해하면 연장자와의 원활한 대화 포인트가 보인다"**는 의미다.

윗사람을 배우는 자세로 대하면 상대는 '가르쳐주려는 마음'으로 따뜻하게 바라봐 대화가 자연스레 무르익는다.

×나쁜 예

"부장님은 늘 자료 정리가 빠르시네요."

○좋은 예

"부장님은 늘 자료 정리가 빠르시네요. 어떻게 하면 그렇게 빨리 정리할 수 있나요?"

나쁜 예에서는 '빠르시네요'라는 감상만으로 대화를 끝내지만, **좋은 예**에서는 감상 뒤에 질문을 던지며 '가르쳐주세요'라는 자세를 보인다.

포인트는 **"어떻게 하면 그렇게 되나요?", "어쩌면 그렇게 잘할 수 있나요?"와 같은 질문으로 가르침을 청하는 것이다.** '가르쳐주세요'라는 태도를 보이면, 대하기 어색하고 거북한 사람과도 대화가 부드럽게 흘러간다.

15위

간단하고 쉬운 표현으로 말하기

POINT
1. 전문 용어는 설명을 덧붙인다.
2. 동음이의어는 이해하기 쉬운 표현으로 바꿔 말한다.
3. 외래어 사용을 자제한다.

15위는 '간단하고 쉬운 표현으로 말하기'이다.

'간단하고 쉬운 표현'이란 **'초등학생이 이해할 만한 표현'이나 '상대에게 익숙한 말'**을 의미한다.

이해하기 쉬운 연설로 유명한 에이브러햄 링컨은 **"아이도 이해할 만한 쉬운 표현으로 바꿔 말하기"**를 늘 명심했다고 한다(『카네기 연설론』).

대화에서는 '상대에게 익숙한 어휘'를 사용해야 한다. 직장에서 사용하는 업무 용어를 아이와의 대화에서 사용하면 아이가 이해하지 못한다. 반대로 집에서 아이에게 하는 표현을 직장에서 사용하면 상대에게 미숙하다는 인상을 줄 수 있다.

'상대를 고려해 적절한 어휘를 선택하는 것'이 기본이다.

×나쁜 예

고객 "따뜻한 커피 하나 주세요."

점원 "네, **핫으로요**."

○좋은 예

고객 "따뜻한 커피 하나 주세요."

점원 "네, **따뜻한 커피요**."

나쁜 예에서는 고객이 말한 단어를 점원이 자기가 늘 사용하는 표현으로 바꿔 말한다.

좋은 예에서는 고객이 말한 단어를 그대로 반복한다. 그러면 고객과 더욱 가까운 느낌이 들고 대화가 부드러워진다.

1. 전문 용어는 설명을 덧붙인다

텔레비전 방송 등에 나오는 전문가의 해설을 알아듣기 힘들 때가 있다.

그 이유는 난해한 전문 용어를 빈번하게 사용하거나 전제되는 지식이 없기 때문이다.

주식회사 GiXo 이사 다나카 다가히코는 **"전문가의 말을 이해하기 어려운 이유는 '듣는 사람이 어느 정도 수준으로 사물을 이해하고 싶어 하는지 파악하지 못해서'일 경우가 많다"**라고 설명한다(『저, 죄송한데 무슨 말인지 모르겠어요』).

전문가가 아닌 사람과 이야기할 때는 어떤 내용을 알고 싶어 하는지 미리 물어본다. 직접 묻기 어려운 경우에는 대화 중에 상황을 보면서 상대의 이해도를 파악한다.

프레젠테이션이나 협상 자리에서 평소 자신에게 익숙한 전문 용어를 무심코 사용하면 상대가 내용을 이해하지 못해 대화가 원활하게 진행되지 않을 수 있다.

듣는 사람이 전제되는 지식을 가졌다는 확신이 없으면 **전문 용어는 되도록 사용하지 말고, 전문 용어가 필요할 때는 보충 설명을 덧붙인다.**

또 업무 용어는 그 단어를 알고 있는 업계 내에서만 사용하고 그 밖의 상황에서는 다른 표현으로 바꿔 말한다.

전문 용어나 업무 용어는 정확하게 이해하고 있다는 전제하에서만 사용한다. 완벽하게 이해하지 못한 상태에서는 상대에게 제대로 설명하기 어렵다.

2. 동음이의어는 이해하기 쉬운 표현으로 바꿔 말한다

동음이의어로 인해 혼동이 생길 우려가 있을 때는 다른 표현으로 바꿔 말한다.

> ⊙ 동음이의어 … 소리는 같으나 뜻이 다른 말.

동음이의어가 혼동을 부르는 예 1

"이제 **기공**하려고요."

- 기공(起工) … 공사를 착수함
- 기공(記功) … 공로를 기념함
- 기공(氣功) … 단전호흡

동음이의어가 혼동을 부르는 예 2

"**조화**가 필요할까요?"

- 조화(調和) … 서로 잘 어울림
- 조화(造花) … 인공적으로 만든 꽃
- 조화(弔花) … 조의를 표하는 데 쓰는 꽃

전후 이야기가 연결되는 경우를 제외하고, 동음이의어를 사용할 때는 설명을 보충해주는 것이 좋다.

3. 외래어 사용을 자제한다

비즈니스 현장에서 빈번히 사용되는 외래어가 원활한 대화를 방해하기도 한다. 외래어를 사용할 때는 상대가 내용을 제대로 이해하는지 주의를 기울인다.

> ⦿ 외래어 … 외국에서 들어온 말. 국어에서 널리 쓰이는 단어도 포함된다.

말하는 사람과 듣는 사람 모두 의미를 이해하는 경우에만 외래어를 사용하고, 의미가 통하지 않을 때는 다른 말로 바꿔 설명한다.

| 대표적인 비즈니스 외래어 |

자주 사용되는 비즈니스 용어		우리말 표현
어카운터빌리티	accountability	설명 의무, 책임
어사인	assign	맡기다, 임명하다
가이드라인	guideline	지침, 기준

자주 사용되는 비즈니스 용어		우리말 표현
기믹	gimmick	술책, 장치
캐퍼시티	capacity	수용 능력, 수용력, 정원
커미트먼트	commitment	확약, 서약
컨센서스	consensus	의견 일치, 합의
콘텐츠	contents	내용, 작품
컴플라이언스	compliance	법령 준수
시즈	seeds	기업이 가진 기술, 노하우, 인재, 설비
시너지	synergy	상승 효과
스펙	spec	사양
솔루션	solution	문제 해결 방법, 수단
타이트	tight	여유가 없다, 촉박하다
데포르메	déformer	과장, 대상을 변형해 표현하는 것
놀리지	knowledge	지식, 정보
니치	niche	시장의 틈새
바이어스	bias	편견, 선입관
패러다임	paradigm	틀, 체계
패러독스	paradox	역설
프라이어리티	priority	우선순위
프로퍼	proper	적절한, 타당한
매터	matter	사안, 문제
모럴 해저드	moral hazard	도덕적 해이
유니버설 서비스	universal service	보편적 서비스
리스크 매니지먼트	risk management	위기 관리

자주 사용되는 비즈니스 용어		우리말 표현
리터러시	literacy	지식, 교양
레귤레이션	regulation	규칙, 규정
레쥐메	résumé	요약, 이력서

16위

험담은 하지도, 듣지도, 전하지도 않기

POINT
1. 험담에 동조하지 않는다.
2. 자연스럽게 화제를 돌리거나 자리를 피한다.

16위는 '험담은 하지도, 듣지도, 전하지도 않기'이다.

말하기 전문가들은 '험담하지 않기', '푸념하지 않기', '다른 사람의 소문에 관심 두지 않기'를 강조한다.

⊙ 험담 … 남을 헐뜯음 또는 그런 말.
⊙ 푸념 … 마음속에 품은 불평을 늘어놓고 한탄하는 것.
⊙ 뒷담화 … 그 자리에 없는 사람을 헐뜯는 것.

사람들은 왜 남을 험담할까? 전문가들은 그 이유로 '자신감이 없어서', '스트레스를 해소하려고', '독설과 비방이 취미라서' 등을 꼽는다.

그렇다면 험담을 하지 말아야 하는 이유는 무엇일까?

험담은 관계를 악화시킬 뿐만 아니라 건강에도 악영향을 미치기 때문이다. 험담은 멀리하는 것이 현명하다.

"스트레스 호르몬이 증가한다."

"험담을 계속하면 치매에 걸릴 위험이 커진다."

"인간관계가 나빠진다."

"단점 찾기의 달인이 된다."(가바사와 시온 지음, 『아웃풋 트레이닝』, 토마토출판사, 2019)

호시 와타루는 '험담하지 말아야 할 과학적 근거'로 미국에서 진행된 실험 결과를 소개한다. **"타인을 적극적으로 칭찬하는 긍정적인 소문을 퍼뜨리는 사람일수록 상대에게 친밀감을 얻는다. (…) 제삼자의 부정적인 소문을 전하는 사람은 환영받지 못한다."**(『입만 열면 손해 보는 사람들을 위한 대화책』)

1. 험담에 동조하지 않는다

험담하지 않으려 해도 다른 사람으로부터 제삼자의 이야기를 듣는 상황에 종종 맞닥뜨리곤 한다.

이때 현명한 대처 방법은 **상대가 험담하는 것에 긍정도 부정도 하지 않는 것**이다. "그래요?", "그랬어요?", "그렇구나" 하면서 듣기만 한다. "맞아요"라고 동조하거나 같이 흉을 보면 안 된다.

사이토 시게타는 『좋은 말이 좋은 인생을 만든다』에서 **"당신과 함께 누군가를 험담했던 상대를 그 후에도 절대적으로 신뢰할 수 있는가? 나는 '지금은 내 이야기에 맞장구를 치지만 다른 곳에서는 내 험담에 맞장구를 치지 않을까' 하는 의심이 싹터 상대를 신뢰할 수 없게 된다"**라며 험담은 신용을 떨어뜨린다고 지적한다.

2. 자연스럽게 화제를 돌리거나 자리를 피한다

험담은 동조하는 사람이 있으면 내용이 점점 과격해지는 경향이 있다.

말하기 전문가들은 험담의 수위가 점점 올라가는 상황에서는 **'화제 돌리기'**를 제안한다.

정신건강의학과 의사 가타다 다마미는 이렇게 말한다.

"상대가 일방적으로 불평을 늘어놓을 것 같으면 '그래?', '그랬구나' 하는 식으로 대꾸하고 나서, '그런데 말이야'라며 내가 하고 싶은 이야기를 꺼낸다."

"그런 일이 여러 번 반복되면 상대도 '내 불평을 듣고 싶어 하지 않는구나'라고 자연스럽게 알아챈다."(『아, 그때 이렇게 말할걸!』, 동양북스, 2019)

만약 옆자리에 앉은 사람이 다른 이를 길게 험담할 때는 "화장실 좀 다녀올게"라거나 "급히 볼일이 생각나서"라고 말해 **그 자리를 피하는 방법**도 있다. 핵심은 '험담'이라는 화제와 '험담만 쏟아내는 사람'으로부터 멀어지는 것이다.

후쿠다 다케시는 『여자는 말하는 법으로 90% 바뀐다』에서 **"대화를 하다 보면 험담이 자연히 따라오는 법이라 아예 하지 않을 수는 없다"**라며 남을 험담할 때는 다음 사항에 유의하라고 조언한다.

- **도를 넘지 않는다**

지나친 험담(악의가 담긴 격한 비난)은 삼간다. 듣는 사람이 "그러게 말이야"라고 호응할 만한 수준으로만 한다.

- **험담을 들어줄 상대를 잘 고른다**

직장 내 경쟁자에 대한 험담은 동료가 아니라 친한 친구들에게 한다.

17위

손짓과 몸짓 활용하기

POINT

1. 프레젠테이션에서는 보디랭귀지를 활용한다.
2. 미러링으로 마음을 맞춘다.
3. 과하지 않은 제스처를 취한다.

17위는 '손짓과 몸짓 활용하기'이다.

전달력과 설득력을 높이는 방법으로 '몸짓과 손짓(제스처)'의 중요성을 강조한 책은 19권이었다. 왜 제스처를 더하면 메시지가 더 잘 전달될까? '말의 내용'보다 '말하는 방식이나 보디랭귀지'가 인상에 더 강하게 남기 때문이다.

⊙ 보디랭귀지 … 몸짓이나 손짓, 표정 등. 겉모습과 복장 등을 포함하기도 한다.

캘리포니아 대학교 심리학과 명예교수 앨버트 머레이비언의 '머레이비언의 법칙'은 여러 명저에 등장한다.

머레이비언의 법칙은 대화를 언어적 요소와 비언어적 요소로 나누고 각 요소가 상대에게 영향을 미치는 비율을 소개한 이론이다.

- **언어적 요소: '말의 내용(언어 정보)' … 7%**
- **비언어적 요소: '말하는 방식(청각 정보)' … 38%**
  '보디랭귀지(시각 정보)' … 55%

| 머레이비언의 법칙 |

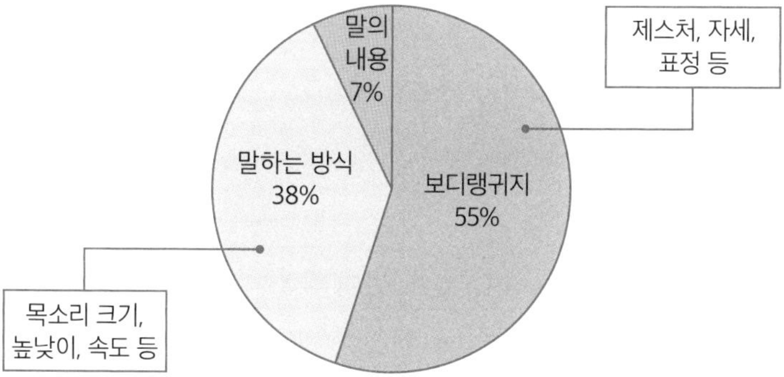

머레이비언 교수는 실험에서 언어 정보, 청각 정보, 시각 정보에 모순이 생길 때 비언어적 요소가 상대에게 더 큰 영향을 미친다고 밝혔다.

예컨대 웃으면서 혼내면 '혼내는 내용'보다 겉으로 보이는 '웃는 얼굴'의 인상이 더 강하게 작용해 내용의 진정성이 흐려진다.

1. 프레젠테이션에서는 보디랭귀지를 활용한다

인사이트러닝 대표 하코다 다다아키는 **"상대에 대한 인상은 말하는 방식과 보디랭귀지로 거의 결정된다"**며 "프레젠테이션에서는 보디랭귀지가 더욱 중요"하다고 강조한다(『끌리는 사람들의 유쾌한 대화법』).

물론 내용도 중요하지만, 잔뜩 긴장한 상태로 아래를 바라보며 딱딱한 말투로 전하면 듣는 사람에게 좋은 인상을 남기기 어렵다. 특히 **프레젠테이션처럼 사람들 앞에서 말할 때는 동작을 적절히 활용하면 훨씬 효과적이다.**

카마인 갈로는 『스티브 잡스 프레젠테이션의 비밀』에서 말과 동작의 관계에 대해 시카고 대학교의 데이비드 맥닐 박사가 발견한 사실을 다음과 같이 언급한다.

"프레젠테이션에서 보디랭귀지를 사용하면 생각이 더 잘 정리되고 말이 자연스럽게 나온다. 오히려 몸을 움직이지 않을 때 주의력을 잃기 쉽다."

2. 미러링으로 마음을 맞춘다

이야기를 나누다 보면 마음이 맞는 사람이 있는가 하면 맞지 않는 사람이 있다. 마음이 맞는다는 것은 서로 마음이 통한다는 뜻이다.

상대와 마음을 맞추고 싶을 때는 미러링 기법을 사용한다. 미러링은 **거울에 비추듯이 상대의 동작을 따라 하는 것**이다. 상대가 커피잔을 집어 들면 본인도 자연스럽게 잔을 든다. 상대가 하품을 하면 따라서 하품을 한다.

흉내를 내면 마음을 맞추기가 훨씬 수월하다.

3. 과하지 않은 제스처를 취한다

제스처는 어디까지나 자연스럽게 하는 것이 기본이다. 과한 제스처는 어수선한 느낌을 준다. 다만 **'제스처의 적정 수준은 청중의 규모와 비례한다'**라고 알려져 있으므로, 청중이 많을 때는 다소 과장될 정도로 제스처를 취하는 편이 효과적이다.

말하기 전문가들이 소개하는 대표적인 제스처와 주의할 제스처를 정리하면 다음과 같다.

대표적 제스처

● "세 가지 포인트가 있습니다"라고 설명하는 경우

'세 가지 포인트' 부분에서 손가락 세 개를 입 앞쪽으로 펴서 청중에게 보인다. 내민 손을 정지한 상태로 둔다.

● 누군가를 가리키는 경우

손가락을 모으고 손바닥을 위로 향하게 하여 내민다.

주의할 제스처(자세 포함)

× 옷, 머리, 시계, 반지 등을 만진다 → 상대의 시선이 손끝에 집중되어 주의가 흐트러질 수 있다. 불안정해 보인다.

× 목을 만지면서 말한다 → 자신감이 없거나 숨기는 것이 있다는 인상을 준다.

× 주머니에 손을 넣는다 → 무기력하고 무관심해 보인다.

× 허리에 손을 얹는다 → 도전적으로 보인다.

× 팔짱을 낀다 → 뭔가 거부하는 인상을 준다.

18위

상대의 말을 끊지 않기

POINT | 1. 상대의 말을 끝까지 듣는다.
2. 대화에서 가로채기는 금물이다.

18위는 '상대의 말을 끊지 않기'이다.

전문가들은 '끼어들지 않기' 또는 '가로채지 않기'로 표현하기도 한다. 대화할 때는 도중에 가로채거나 끼어들지 말고 상대의 이야기를 끝까지 듣는 것이 중요하다.

1. 상대의 말을 끝까지 듣는다

직장에서 부하직원을 대할 때나 초면인 사람을 만날 때 '상대의 말을 끝까지 듣기'와 '이야기를 중간에 가로채지 않기'는 매우 중요하다.

야후의 경영자 혼마 고스케는 『야후의 1 on 1』에서 상사가 부하의 말을 들을 때 **"(부하직원은) 말하는 동안 생각이 정리되기 때문에 뒤로 갈수록 이야기가 명확해진다"**는 점에 주목해야 한다며, 상대의 말을 끝까지 들어야 하는 이유를 설명한다.

이야기를 끊지 않고 마지막까지 들으면 다음과 같은 장점이 있다.

- **대화가 무르익는다.**
- **상대에게 좋은 인상을 준다.**
- **스스로 생각할 줄 아는 부하를 길러낸다.**
- **주변의 인기를 얻는다.**
- **안심을 준다.**

말을 막는 행위의 예(NG 예시)

- **끼어들어 화제를 바꾼다**

상대가 말하는 도중에 "그런데", "그건 그렇고", "그것보다"라며 말을 끊고 화제를 바꾸려 한다.

- **끝까지 듣지 않고 이야기를 정리한다**

상대의 말을 끝까지 듣지 않고 "그러니까 그건 ○○라는 거지?"라고 정리하면서 이야기를 앞서 나간다.

• **말을 끊고 질문한다**

상대가 한창 말하는 중인데, "○○은 무슨 뜻이야?" 하고 궁금한 점을 물어본다.

• **말을 가로챈다**

상대가 화제를 제공하고 이야기를 시작하려는데 "아, 맞다!", "그거 봤어!"라며 끼어들어 말을 가로챈다.

상대의 이야기를 듣다가 궁금한 점이 있을 때는 **'상대의 말이 끝난 다음 3초 정도 시간을 두었다가' 질문**한다.

자기 이야기를 하고 싶을 때는 상대가 말을 마친 뒤 "그런 일이 있었구나"라며 상대의 이야기를 받아준 다음, "내 이야기도 들어줄래요?"라고 물어본다. 그때 상대가 수락하면 이야기를 시작한다.

2. 대화에서 가로채기는 금물이다

잡담할 때 공통점을 발견하면 이야기가 자연스럽게 흘러간다. 처음 만나는 사람과 대화할 때는 더욱 그렇다.

공통점을 찾으면 "나도", "나는"이라며 자기 이야기를 꺼낸다. 하지만 자칫하면 '새치기'하기 쉽다.

공통점을 찾는 이유는 상대에 대해 알고 싶고 상대의 이야기를 듣고 싶기 때문이다.

상대가 먼저 화제를 제공했을 때는 이야기 도중에 끼어들어 말을 빼앗지 말고 상대 중심으로 대화가 진행되도록 경청한다.

×나쁜 예

상대 "주말에는 가드닝을 하면서 보내요."
나 "그러세요? 저도 가드닝이 취미예요."
상대 "마음이 맞네요. 어떤 식물을 기르세요?"
나 "허브류가 많아요. 요리에도 사용할 수 있으니까요."

○좋은 예

상대 "주말에는 가드닝을 하면서 보내요."
나 "그러세요? 저도 가드닝이 취미예요. 어떤 식물을 키우세요?"
상대 "여러 가지가 있는데요, 요즘에는 히비스커스와 부겐빌레아가 무성하게 자라서 정원만 보면 열대지역 같아요."

나쁜 예에서는 상대가 '가드닝'이라는 화제를 제공하고 이야기하려는데 "저도"라면서 동조한 뒤 말을 빼앗아 자기 이야기를 한다.

좋은 예에서는 동조한 뒤 상대에게 질문을 건네 상대 중심으로 대화를 이어간다.

의도치 않게 자기 이야기로 대화가 흘러갈 때는 말을 마친 뒤 "당

신은요?"라고 상대의 이야기를 끌어낸다.

혼자서는 대화가 성립하지 않는다. 대화는 상대와 함께 만들어 가는 것이다. 인터뷰나 프레젠테이션이 아니라면 듣기만 하는 사람, 말하기만 하는 사람으로 나뉘는 상황을 피해야 한다.

물론 횡설수설하며 말이 긴 사람과 대화할 때는 적절히 화제를 전환할 필요가 있다.

고노 에이타로는 『99%가 실천하지 않는 1%의 성공 비결』에서 이런 상황에서 유용한 노하우를 소개한다. '상대의 감정을 상하지 않게 하면서 전략적으로 이야기를 끊는 요령' 3단계다.

상대의 감정을 상하지 않게 하면서 전략적으로 이야기를 끊는 요령

① "역시 ○○군요"라며 현재 상대가 말하는 화제로 들어간다.
② "△△라고 이해해도 될까요?"라고 확인하면서 상대의 말을 정리한다.
③ "그렇군요. △△가 □□라는 뜻이군요! 이건 다른 이야기인데요……"라면서 내용을 정리하고 마무리하는 한마디를 덧붙인다.

19위

요점을 간단하고 명료하게 전하기

POINT
1. 한 가지 주제로 말한다.
2. 'OO는 세 가지입니다'를 말버릇처럼 사용한다.

19위는 '요점을 간단하고 명료하게 전하기'이다.

전할 내용이 많아 이것저것 언급하다 보면 말이 길어진다. **업무상 대화에서는 요점을 간단하고 명료하게 전하는 것**이 기본이다.

전문가들이 말하는 '요점을 간단히 전할 때'의 장점은 다음과 같다.

요점을 간단히 전할 때의 장점

- 기억하기 쉽다.
- 상대에게 깊은 인상을 남길 수 있다.
- 과제나 논점을 좁히면 시간을 효율적으로 활용할 수 있다.

1. 한 가지 주제로 말한다

사람들 앞에서 설명할 때는 주제를 하나로 좁힌다.

고바야시 야스오와 후나비키 다케오가 엮은 도쿄 대학 교양학부 부교재 『지의 기법』에서는 **"구두 발표에서 무엇보다 중요한 포인트"**는 **"요점이 분명한 이야기"**라며 **"듣는 사람이 어떤 내용을 기억해주길 바라는지, 이야기의 취지를 가능한 한 간단명료하게 정리해보라"**고 제안한다.

나카타니 아키히로는 『면접의 달인-바이블편』에서 **"이야깃거리를 한 가지로 좁힌다. 어떤 이야기가 좋을지 망설여진다면 가장 재미있고 자신의 매력을 드러낼 수 있는 것을 택한다"**라고 조언한다.

발표나 면접에서도 상대가 꼭 기억해주기를 바라는 내용, 즉 핵심이 뚜렷한 이야기를 하는 것이 중요하다.

주제를 하나로 좁히는 방법에 관해서는 다음 책에서 힌트를 찾을 수 있다.

"'듣는 사람이 왜 이 아이디어/정보/제품/서비스에 관심을 가져야 하는지' 자문해본다. 대화가 끝났을 때 듣는 사람이 기억해주기를 바라는 포인트를 딱 한 가지만 꼽으라면 무엇일까."(『스티브 잡스 프레젠테이션의 비밀』)

프레젠테이션 등에서 여러 주제를 다루고 싶을 때도 지나치게 욕심을 내지 않는다.

저널리스트 이케가미 아키라는 **"프레젠테이션에서 주어진 시간이 3분, 5분 또는 15분이라도 주제는 한 가지면 충분하다"**라고 말한다(『단박에 통하는 전달의 힘』). 짧은 시간에 여러 주제를 다루려고 하면 '각 주제를 제대로 소화하지 못하고 이야기가 산만해질 수 있기 때문'이다.

2. '○○는 세 가지입니다'를 말버릇처럼 사용한다

이야기를 진행할 때도 내용의 포인트를 명확히 짚어줄 필요가 있다.

핵심을 어떻게 간추려야 듣는 사람의 기억에 남을까? 전문가들은 '세 가지'에 힌트가 있다고 말한다. "○○는 세 가지입니다"라고 정리하는 방식이다.

아마존의 창업자 제프 베이조스, 알리바바의 창업자 마윈과 같은 글로벌 리더들은 '○○**는 세 가지입니다'를 습관처럼 말한다.**

그런데 왜 '세 가지'일까?

오카모토 준코는 **"숫자 3은 너무 많지도, 너무 적지도 않고 딱 알맞은 '매직 넘버'이기 때문이다. 과거·현재·미래, 금·은·동 등 '3'은**

안정감 있는 숫자여서 예로부터 널리 사용되어왔다"라고 그 이유를 밝힌다(『세계 최고의 말하기 비법』).

도쓰카 다카마사는 **"주장을 뒷받침하는 근거나 이유는 너무 적어도, 너무 많아도 효과가 반감된다. 한 가지는 너무 적고 다섯 가지는 너무 많다. 결론을 뒷받침하는 포인트는 세 가지가 적당하다"**라고 설명한다(『세계 최고의 인재들은 어떤 루틴으로 일할까』).

'○○는 세 가지입니다'의 ○○에는 이유(근거)나 장점, 포인트, 문제점 등이 들어갈 수 있다.

'○○는 세 가지입니다'의 활용 예

- 결론

"□□□의 결론은 □□□입니다."

- 이유

"이유는 세 가지입니다.
첫째, □□□입니다.
둘째, □□□입니다.
셋째, □□□입니다."

- 결론, 정리

"따라서 □□□의 결론은 □□□입니다."

"포인트는 세 가지입니다", "이유는 세 가지가 있습니다"라고 말하면 **듣는 사람은 '들을 준비'를 하게 된다.**

이토 요이치는 **"강연에서 '이유는 세 가지입니다'라고 손가락을 세 개 내밀며 말하는 순간 청중은 손을 움직여 메모할 준비를 합니다"**라고 이야기한다(『1분 전달력』).

20위

대화와 발표에서 시작에 신경 쓰기

POINT
1. 상대가 '듣고 싶은' 이야기를 한다.
2. 발표에 서툴다고 스스로 말하지 않는다.

20위는 '대화와 발표에서 시작에 신경 쓰기'이다.

말하기 전문가들은 **"서론을 중시한다"**, **"시작이 특히 중요하다"**, **"어떻게 시작하느냐가 핵심이다"**라며 대화에서 첫 부분(도입부)의 중요성을 강조한다.

> ⊙ 서론 … 본론으로 들어가는 계기가 되는 말.
> ⊙ 첫머리 … 관객의 흥미를 유발하기 위해 맨 처음 하는 말.

그렇다면 왜 시작이 중요할까?

주된 이유는 네 가지다.

도입 부분이 중요한 4가지 이유

- 청중의 머리가 맑은 상태이므로 인상에 깊이 남는다.
- 청중이 가장 집중하고 있을 때 마음을 사로잡는 것이 중요하다.
- 처음에 마음을 잡아두면 이야기를 전개하기가 쉽다.
- 상대의 기대감이 높아진다.

서론(도입)이 없는 예

"다음에 같이 식사라도 하자."

서론(도입)이 있는 예

"바로 근처에 디저트로 유명한 카페가 있어. 케이크가 서너 종류 있는데 너무 달지 않아서 맛있고, 샌드위치도 기가 막혀. 맛집 소개 방송에도 나왔더라. 괜찮으면 다음에 먹으러 갈래?"

서론(도입)이 있는 예의 첫 세 문장은 '서론'이다.

데이트를 신청하거나 친구를 불러내는 상황에서도 서론이 있으면 기대감이 생겨 긍정적으로 답변할 확률이 높아진다.

1. 상대가 '듣고 싶은' 이야기를 한다

연설이나 프레젠테이션을 할 때는 무슨 이야기로 시작할지 미리 정해둔다.

나카타니 아키히로는 『어떻게 저 사람은 사람들 앞에서 말을 잘할까』에서 **"연설은 '이런 말로 시작해 이런 말로 끝내야겠다'만 정해두면 걱정이 없다. 무슨 이야기로 시작할지 정해놓으면 여유를 가지고 단상에 오를 수 있다. 단상에 오른 뒤에 무슨 말부터 할까 망설이면 말의 흐름을 잡지 못한다"**라고 설명한다.

하쿠타 나오키는 『잡담력』에서 **"포인트는 이야기의 첫 단추다. 처음 한마디로 상대에게 '이 이야기를 듣고 싶다'는 생각을 끌어낼 수 있는지가 관건이다"**라고 언급한다.

하쿠타는 실제로 **"사자와 호랑이가 싸우면 누가 이길까, 오래전부터……"**라는 말로 시작할 때가 많다고 한다.

어떤 식으로 이야기를 시작하면 좋을까? 말하기 전문가들의 의견을 정리하면 다음과 같다.

서두에 적절한 주제

- 당일 겪은 에피소드

"오늘 여기 오는 길에 삼십 대로 보이는 여성을 지나쳤는데……."

- 최근에 다른 사람에게 들은 이야기

"어제 친구에게 들은 이야기입니다."

- 본론과 관련된 이야기

유머 … 분위기를 돋울 만한 재미있는 이야기를 준비한다.

서프라이즈 … '의외의' 이야기는 기억에 잘 남는다.

질문으로 시작하기 … 인간은 질문에 대답하려는 본성이 있어, 질문을 던지면 청중의 관심이 저절로 집중된다.

고백 … "사실 저는 OO입니다"라는 표현으로 흥미를 유발한다.

인용 … 인상에 남을 만한 구절을 인용한다.

상대가 듣고 싶은 이야기나 관심 있는 이야기로 시작하는 것이 중요하다.

2. 발표에 서툴다고 스스로 말하지 않는다

말재주가 없더라도 "저는 발표를 잘하지 못합니다", "갑작스럽게 발표를 맡아서"라는 표현은 삼가는 편이 좋다. 이런 말은 '변명'처럼 들린다.

서두에서 피해야 할 표현

"젊은 사람이 여러 선배님을 제쳐두고……."

"여러분보다 한 계단 높은 곳에서……."

"저는 말재주가 없어서……."

"갑자기 발표를 맡아서……."

"(초면인 상대에게 인사하며) 우리 회사는 창립 ○○년 된 회사로……."(회사 소개보다 자기소개를 먼저 한다. 단, 경영자라면 회사 소개를 먼저 해도 무방하다)

Column

나에게 맞는 말하기 책을 고르는 방법

▶ 익히고 싶은 말하기 책을 고른다

이 책의 작업은 전작 『결국은 문장력이다』와 마찬가지로 관련 도서 리서치부터 시작했다.

대형 온라인 서점에서 '글쓰기 기술'이라는 키워드로 3천 건 이상의 검색 결과가 나왔을 때는 꽤 많은 양이라고 생각했다. 그런데 '말하는 방법'에 대한 검색 결과는 무려 1만 건이 넘었다.

상상을 초월하는 숫자였다.

'말하는 법'에 관한 책의 저자는 아나운서, 매너 강사, 심리상담사, 경영자, 전직 정치인, 카피라이터, 유능한 영업사원, 인기 유튜버 등 다양했다.

주제 또한 '잡담', '설명', '프레젠테이션' 등 다채로웠다. 이처럼 다양한 저자가 다채로운 주제를 다룬 수많은 책 중에서 자신에게 맞는 '말하기 책'을 찾으려면 어떻게 해야 할까? 포인트는 세 가지다.

나에게 맞는 책을 고르는 3가지 포인트

① '어떤 상황에서 말하기'에 대해 알고 싶은지 명확하게 정하고 목적에 맞는 직업의 저자를 고른다.

② 말하는 방식이 마음에 드는 저자의 책을 고른다.

③ 말하는 방법에 관한 책을 뭐든 읽어보고 싶다면 '잡담' 책을 고른다.

① '어떤 상황에서 말하기'에 대해 알고 싶은지 명확하게 정하고 목적에 맞는 직업의 저자를 고른다

자신에게 맞는 글쓰기 책을 고를 때와 마찬가지로 목적을 분명히 정하고 해당 분야에서 활약하는 저자의 책을 택하면 무척 유용하다.

아나운서처럼 말하고 싶다면 아나운서가 쓴 책을 선택한다.

말하기 매너에 대해 알고 싶다면 매너 강사가 쓴 책을 선택한다.

이것이 바로 나에게 맞는 '말하기' 책을 찾는 지름길이다.

직함이나 프로필을 잘 보고 선택하는 것이 중요하다.

다음은 이 책에 언급된 도서 일부를 저자의 직업별로 정리한 것이니 참고하기 바란다.

저널리스트		
『단박에 통하는 전달의 힘』	이케가미 아키라	한언
말하기 교실 운영		
『어른이라면 알아야 할 말하는 법 척척 노트(大人なら知っておきたいモノの言い方サクッとノート)』	사쿠라이 히로시 감수	국내 미출간
『사람은 '말투'로 90% 바뀐다(人は「話し方」で9割変わる)』	후쿠다 다케시	국내 미출간
『여자는 말하는 법으로 90% 바뀐다』	후쿠다 다케시	이아소
경영자		
『돈 잘 버는 사장의 커뮤니케이션 철칙(儲かる会社のコミュニケーションの鉄則)』	고야마 노보루	국내 미출간
『야후의 1 on 1(ヤフーの1on1)』	혼마 고스케	국내 미출간
비즈니스 매너 강사		
『입사 1년 차 비즈니스 매너 교과서(入社1年目ビジネスマナーの教科書)』	가나모리 다카코 지음, 니시데 히로코 감수	국내 미출간
『말하기 매너와 요령(話し方のマナーとコツ)』	스기야마 미나코 감수, 이토미키 그림	국내 미출간
심리학자, 정신과 의사, 상담사 등		
『말투 때문에 말투 덕분에』	이오타 다쓰나리	포레스트북스
『남심 탐구 여심 탐구』	이오타 다쓰나리	지식너머
『한마디 먼저 건넸을 뿐인데』	이오타 다쓰나리	동양북스

『아, 그때 이렇게 말할걸!』	가타다 다마미	동양북스
『사소하지만 강력한 말의 기술』	시부야 쇼조	나무생각
『친절한 사람이고 싶지만 호구는 싫어』	나이토 요시히토	포레스트북스
『듣기의 힘』	히가시야마 히로히사	모색
『만화판: 살짝 슬쩍 재빨리 '되받아치는' 기술(マンガ版ちょっとだけ·こっそり·素早く「言い返す」技術)』	유키 유 지음, Jam 그림	국내 미출간
아나운서		
『하루 만에 목소리까지 좋아지는 말하기 교과서(たった1日で声まで良くなる話し方の教科書)』	우오즈미 리에	국내 미출간
『말하는 힘(話すチカラ)』	사이토 다카시, 아즈미 신이치로	국내 미출간
『내가 입만 열면 왜 어색해질까?』	요시다 히사노리	지식여행
작가 · 배우		
『듣는 힘』	아가와 사와코	흐름출판
『혼나는 힘』	아가와 사와코 원저, 류랑도 편저	흐름출판
카피라이터		
『전달의 기술』	사사키 게이치	한국경제신문사

한 저자가 설명법, 질문 기술, 잡담, 어휘력 등 여러 주제로 책을 쓰는 경우도 있다. 이때도 자신이 원하는 '상황'에 맞는 책을 선택하면 된다.

② 말하는 방식이 마음에 드는 저자의 책을 고른다

이 책에서 언급하는 책의 저자 중에는 미디어로 자주 접하는 아나운서, 저널리스트 등 유명인이 다수 포함되어 있다.

이런 기준으로 책을 고르는 것도 방법이다.

'이 사람의 말은 이해하기 쉽다.'

'이 사람처럼 말하고 싶다.'

'이 사람의 말투가 재미있다.'

'이 사람이 하는 말은 유난히 설득력이 있다.'

텔레비전에 나오지 않아도 유튜브 등 동영상 채널을 운영하는 사람도 많으니 관심 가는 저자의 동영상을 찾아봐도 좋다.

실제로 동영상 채널이 있거나 인터넷에서 동영상을 확인할 수 있는 저자(일부)를 표로 정리했으니 참고하기 바란다.

인터넷 동영상 채널이 있는 사람		
이토 요이치	가모가시라 요시히토	나카타니 아키히로
우오즈미 리에	사사키 게이치	미우라 다카히로
가바사와 시온	스나이 에미	와다 히로미

③ 말하는 방법에 관한 책을 뭐든 읽어보고 싶다면 '잡담' 책을 고른다

'어떤 상황의 말하기'에 대해 알고 싶은지 분명하지 않고 전반적으로 커뮤니케이션 능력을 기르고 싶어 '말하기' 책을 읽으려는

사람에게 추천하는 방법이다.

또한 SNS상 커뮤니케이션은 증가하는 반면 대면 커뮤니케이션은 감소하고 있어 '대화'를 힘들어하는 사람이 많다.

그런 사람은 일상의 소소한 대화 '잡담' 능력을 길러주는 책을 선택하면 좋다. 구체적인 대화 사례가 나오는 책도 많아 실생활에 적용하기도 쉽다.

이 책에서 참고한 잡담력 향상 도서는 아래와 같다.

말 그대로 '잡담'인 만큼 가볍고 편하게 읽을 수 있다.

인터넷 서점에서 '미리 보기'가 가능한 책도 있으니 궁금한 책부터 확인해보기 바란다.

'잡담력' 향상을 위한 책		
『한마디 먼저 건넸을 뿐인데』	이오타 다쓰나리	동양북스
『상대의 마음을 얻는 일류 대화법』	기류 미노루	산솔미디어
『잡담이 능력이다』	사이토 다카시	위즈덤하우스
『누구와도 15분 이상 대화가 끊이지 않는 66가지 Point』	노구치 사토시	지식여행
『잡담력—스토리로 대화를 즐겁게(雑談力 ストーリーで人を楽しませる)』	하쿠타 나오키	국내 미출간
『시시하게 느낀 잡담이 어떻게 직장생활에 무기가 되는가』	야스다 다다시	나라원
『초일류 잡담력—초실전편(超一流の雑談力: 超·実践編)』	야스다 다다시	국내 미출간

PART

3

커뮤니케이션 능력을 더욱 강화하는 비결 20가지

<21-40위>

21위

스피치하기 전에 철저히 준비하기

POINT | 전달하고자 하는 핵심 내용을 미리 정리한다.

강연가, 아나운서, 세미나 강사 등 스피치 전문가들은 '사전 준비의 중요성'을 강조한다.

"준비된 스피치는 청중에게 자연스럽다는 인상을 준다. 철저히 준비된 스피치는 그 단계에서 이미 90퍼센트 성공한 것이나 다름없다." (『카네기 연설론』)

사전 준비의 포인트는 네 가지다.

① 전하고자 하는 내용을 정리한다

- '상대에게 유익한 정보'나 '상대가 원하는 정보'를 정리한다.
- 전하고 싶은 내용의 근거 '숫자, 데이터, 객관적 사실'을 가능한 한 많이 모아 자료의 정밀도를 높인다.

평론가 후지사와 고지는 『'쉽게 설명하는' 기술(「分かりやすい説明」の技術)』에서 **"설명이란 그저 정보를 주는 것이 아니라 정보를 사전에 정리하고 가공해 듣는 사람에게 전달하는 것"**이라고 지적한다.

② 원고를 작성한다

- 문어체가 아니라 구어체로 원고를 작성한다.
- 원고를 여러 번 읽는다. 흐름이 잡히면 '주제', '반드시 전해야 할 정보', '키워드'를 항목별로 적어둔다.
- 스피치 중에는 '키워드만 적은 메모'를 참고해 이야기를 진행한다(33위 참조).

③ '예상 질문'을 생각한다

- '사람들이 발표를 듣고 어떤 부분을 궁금해할지' 생각해보고 미리 답을 준비한다.

④ 실전 연습을 한다

- 다른 사람에게 들려준다.

- ‘말이 빠르다’, ‘이 부분은 표현을 바꾸는 편이 좋겠다’ 등 객관적인 조언을 구할 수 있다.

• 실제 장소나 비슷한 장소에서 연습한다.
  - 목소리 크기, 시선의 높이 등을 의식하면서 연습할 수 있다.

• 녹화 또는 녹음해본다.
  - 자세, 표정, 말할 때의 습관 등을 확인할 수 있다.

• 시간을 재본다.
  - 제한된 시간을 넘길 때는 ‘생략 가능한 부분이 없는지’, 시간이 많이 남을 때는 ‘말이 너무 빠르지 않은지’ 점검한다.

스피치나 프레젠테이션에서 성공하려면 준비 단계에 충분한 시간을 들여야 한다. **준비가 잘되어 있으면 긴장하거나 당황하지 않고 자신감을 가지고 말할 수 있다.**

22위

인사로 훌륭한 인간관계 시작하기

POINT | 밝고 큰 목소리로 먼저 인사한다.

인간관계는 '인사'에서 시작된다. 인사는 '사람의 마음과 마음을 잇는 계기'가 되고 누구와도 간단히 할 수 있는 커뮤니케이션이다.

말하기 명저에 있는 '인사의 장점'을 정리하면 다음과 같다.

인사의 장점

- 상대의 호감을 얻는다.
- 사회적 매너가 있는 사람이라는 인상을 준다.
- 상대에게 신뢰감과 편안함을 준다.
- 상대의 인정 욕구를 충족시킨다.

호감을 주는 인사의 기본으로 다음 네 가지를 들 수 있다.

호감을 주는 인사의 기본

▶ 먼저 인사한다

상대가 인사하기를 기다리지 말고 먼저 말을 건넨다. 먼저 인사하면 '당신에게 마음이 열려 있다'는 인식을 심어줄 수 있다.

▶ 웃는 얼굴로 밝게 인사한다

활기차게 밝은 목소리로 인사한다. 감정이 담기지 않은 인사는 오히려 거부감을 불러일으킨다. 미소를 짓기 어려우면 입꼬리를 올려 표정을 부드럽게 만든다.

▶ 상대의 눈을 보며 인사한다

시선을 피하면서 인사하면 상대는 '나를 싫어하나', '억지로 인사하나' 하는 느낌이 들어 불안해한다.

▶ 인사 후 한마디 덧붙인다

인사를 하고 나서 한마디(짧은 말) 덧붙이면 대화가 자연스럽게 이어진다.

예문

"안녕하세요."

↓(한마디 더하기)

"안녕하세요. 어제 프레젠테이션하느라 고생 많으셨어요."

'웃는 얼굴로 상대의 눈을 보며 내가 먼저' 인사하는 것이 기본이다.

23위

연습으로 대화 능력 키우기

POINT | 본보기가 되는 사람을 정하고 말하는 방식을 따라 한다.

대화력, 잡담력을 높이는 데 필요한 것은 **재능이나 역량, 소질이 아니라 '연습'**이다. 연습하면 누구나 커뮤니케이션 능력을 키울 수 있다.

메이지 대학 교수이자 해설자로 활약하는 사이토 다카시도 **"'말주변은 타고나는 것이라서 잡담 같은 건 늘지 않는다'고 생각하는 것은 큰 착각이다. 말을 잘하는 것은 선천적인 능력이 아니다"**라고 언급했다(『잡담이 능력이다』, 위즈덤하우스, 2014).

명저 100권에서 추려낸 말하기 전문가들의 연습법 세 가지를 소개하면 다음과 같다.

전문가가 추천하는 연습법

▶▶ 롤모델을 찾아 흉내 낸다

'이 사람처럼 말하고 싶다', '이 사람이 말하는 방식이 마음에 든다'고 생각하는 롤모델을 찾아 그 사람의 목소리 높이, 속도, 끊어 말하는 방식 등을 따라 한다(발견한 포인트를 적는다).

따라 할 때는 '녹음해서 들어보기'나 '다른 사람에게 들려주기' 같은 방식을 활용해 롤모델과 얼마나 비슷한지 확인해본다.

▶▶ 만담에서 배운다

'만담'으로 커뮤니케이션 능력을 키운 사람도 있다. 중소기업 경영자 고야마 노보루도 그중 한 명이다.

"만담을 여러 번 들으며 따라 하니 목소리 크기, 호흡, 속도에 대한 감각이 조금씩 잡히면서 말하는 데 자신감이 생겼다."(『돈 잘 버는 사장의 커뮤니케이션 철칙(儲かる会社のコミュニケーションの鉄則)』)

▶▶ 새로운 이야깃거리가 생기면 바로 활용한다

말 잘하는 사람, 대화가 잘 통하는 사람이 되려면 화젯거리가 풍부해야 한다. 새로운 이야깃거리나 재미있는 구절을 알게 되면 바로 활용한다. 다른 사람에게 했던 이야기는 기억에 더 오래 남는다.

일류 이야기꾼도 태어날 때부터 이야기를 잘한 것은 아니다. 최고가 되기 위해 연습을 거듭한 결과다.

세계적으로 유명한 자기계발의 대가 데일 카네기는 **"청중 앞에서 자신 있게 말하기 위한 확실한 방법은 반복 연습뿐이다"**라고 강조한다(『데일 카네기 성공대화론』).

24위

이해하기 쉽게 비유와 예시 활용하기

> POINT | 상대가 잘 아는 것에 빗대어 말한다.

비유와 예시를 활용하면 듣는 사람에게 구체적인 이미지를 제시할 수 있다. 비유는 '다른 것에 빗대어 표현하는 것'을 말한다.

비유와 예시의 효과

- 흥미를 유발한다.
- 듣는 사람의 이해를 돕는다.
- 설명을 알아듣기 쉽게 만든다.
- 의미를 강조한다.

"'지금부터 내가 설명하려는 것은 당신이 이미 알고 있는 그 예와

비슷합니다'라고 표현하는 것이 비유다."(『'쉽게 설명하는' 기술』)

예문

"대화란 듣는 사람과 말하는 사람이 말을 주고받는 것입니다."
→ "대화는 캐치볼입니다."

예문

"우리 가족은 할아버지, 할머니, 아버지, 어머니, 삼 형제에 누나네까지 같이 살아 아주 시끌벅적해요."
→ "우리 집은 거의 <사자에 씨>(사자에 씨의 대가족 이야기를 그린 일본의 국민 만화-옮긴이)예요."(『상대의 마음을 얻는 일류 대화법』)

A를 B에 빗댈 때는 상대가 B를 알고 있다는 것이 전제되어야 한다.

일반적이거나 상대의 지식 범위 내에 있는 것에 빗대어 표현한다.

예문 1

(A) (B)
<u>차</u>가 <u>총알</u> 같은 속도로 지나갔다.

예문 2

(A) (B)
<u>차</u>가 <u>막스 페르스타펀</u> 같은 속도로 지나갔다.

예문 1은 누가 듣더라도 금방 의미를 파악할 수 있다.

예문 2의 '막스 페르스타편'은 카레이서의 이름이다. 세계 자동차 경주(F1) 일인자라 할지라도 모르는 사람이 있을 것이다. 막스 페르스타편에 비유하려면 듣는 사람이 '말하는 사람과 비슷한 수준의 자동차 경주 지식'을 가지고 있다는 전제가 필요하다.

25위

자신을 먼저 오픈하기

POINT | 나를 먼저 보여주면 상대와의 벽이 쉽게 허물어진다.

여기서 '나를 오픈하기'란 '자신의 정보(내면, 경험, 생각)를 상대에게 보여주는 것'을 말한다.

나를 드러내면 내가 어떤 사람인지 상대가 이해하게 되어 더 가까워질 수 있다.

'이 사람은 믿을 수 있다', '이 사람이라면 무슨 이야기든 털어놓을 수 있겠다'라고 느끼는 신뢰 관계를 구축하려면 먼저 상대방에게 나를 보여줘야 한다.

이때 '호혜의 법칙'이 작용한다. 호혜의 법칙이란 상대에게 받은 호의에 보답하고 싶은 심리를 말한다.

내가 취미에 관해 이야기하면 상대도 취미에 관해 이야기한다.

내가 먼저 가족에 관한 이야기를 하면 상대도 가족 이야기를 꺼내놓게 된다. 내가 먼저 오픈하면 상대도 비슷한 수준의 정보를 공유한다.

상대의 마음을 열고 싶다면 내가 먼저 마음을 열어야 한다. "저는 라면을 매일 먹어도 질리지 않을 정도로 좋아해요", "저는 길눈이 정말 어둬요"라고 자신을 드러내면 상대도 자기 이야기를 꺼내기 쉽다.

상대에게 나를 오픈할 때 기억해야 할 3가지 포인트

① 자랑하지 않는다

자기 자랑은 '당신보다 내가 더 우위에 있음'을 강조하므로 상대를 불편하게 만든다.

② 자신의 약점이나 실패담을 털어놓는다

실패담은 상대에게 친근감과 편안함을 줄 수 있다. 부족한 부분을 보여줘 인간적인 면을 어필한다. 자신의 약점과 부족한 부분, 실패담을 털어놓으면 상대와 한층 가까워질 수 있다.

③ 무거운 주제나 농담으로 넘기기 힘든 이야기는 피한다

컨설턴트이자 작가인 야스다 다다시와 정신건강의학과 의사인 가

바사와 시온은 자신을 얼마나 오픈해야 하는지에 대한 수위를 언급하며, 속을 터놓고 말할 수 있는 사이가 아니라면 '무거운 주제'는 피해야 한다고 조언한다.

"분위기가 가라앉을 만한 개인적 이야기(이혼이나 간병 등), 농담으로 흘려듣기 어려운 실패담은 오히려 역효과가 난다."(야스다 다다시 지음, 『초일류 잡담력-초실전편(超一流の雑談力: 超·実践編』)

"상대가 그다지 마음을 열지 않은 상태에서는 조금씩만 자신을 드러낸다. 알고 지낸 기간이 길고 상대가 어느 정도 마음의 문을 열었다는 판단이 설 때 심도 있는 이야기를 꺼낸다."(가바사와 시온 지음, 『아웃풋 트레이닝』)

26위

요구 밀어붙이지 않기

> POINT | **'설명(이유)+부탁'을 한 세트로 전한다.**

부탁을 들어주길 바랄 때, 요구가 받아들여지길 바랄 때는 어떤 식으로 이야기를 풀어가야 더 효과적일까?

말하기를 다룬 100권의 명저 가운데 '의논', '설득', '교섭' 방법에 관한 내용도 포함되어 있다. 전문가들이 소개하는 '부탁할 때의 포인트'를 정리하면 다음과 같다.

부탁할 때의 포인트

▶▶'설명(이유)+부탁'을 한 세트로 전한다

'왜 그것을 해주기를 바라는지', '왜 그 사람에게 부탁하고 싶은지', '무슨 문제로 어려움을 겪고 있는지' 설명한다.

이유를 다 설명하고 나서 마지막에 "○○를 해주실 수 있을까요?", "○○를 부탁드립니다"라고 결론을 구체적으로 밝힌다.

"듣는 사람은 이야기를 이해하고 나면 '내가 어떻게 해주기를 바라는지' 확인하고 싶어 한다. 그러므로 설명이 끝난 다음에는 잊지 말고 '부탁할 내용'을 전한다."(『'바로' 써먹는 똑똑한 설명법』)

"'이건 변경할 수 없는 부분이라서……'라고 끝내지 말고 '변경할 수 없는 부분이라 모쪼록 이번에는 이렇게 진행해주셨으면 좋겠습니다'라고 말한다. 이런 표현이 상대의 마음을 움직이게 한다."(『만화판: 살짝 슬쩍 재빨리 '되받아치는' 기술』)

▶▶ 요구 사항에 우선순위를 정한다

이것저것 요구하면 상대가 '노!' 사인을 번쩍 들어 올릴 가능성이 크다.

"이것저것 얻으려 하면 교섭이 잘 진행되지 않는다. '절대 양보할 수 없는 요구 사항'과 '타협 가능한 사항'으로 나눠 우선순위를 정해야 한다."(하시모토 도루 지음, 『교섭력—결과가 달라지는 대화법·사고법(『交渉力: 結果が変わる伝え方·考え方)』)

▶▶ 상대에게 이익이 되는 점을 언급한다

부탁할 때 성공률을 높이려면 자신에게 득이 되는 부분만이 아니라 상대에게도 이익이 되는 점을 함께 제시한다.

예문

"이 상품을 지금 바로 주문해주세요."(자신에게 득이 되는 부분)

↓

"지금 바로 주문하시면 10퍼센트 할인해드립니다."(자신에게 득이 되는 부분 + 상대의 이익)

"자신이 얻는 이익의 이면에 상대가 얻는 이익도 있다는 점을 분명하게 설명했는지가 관건이다."(미우라 다카히로 지음, 『언어화의 힘』, 시그마북스, 2020)

27위

'미안합니다'보다 '감사합니다' 사용하기

POINT | '감사합니다'라고 말할 줄 알아야 인간관계가 좋아진다.

말하기 전문가들은 인간관계를 좋게 만드는 말로 "감사합니다"를 꼽는다.

"다른 사람에게 서슴없이 '감사합니다'라고 표현하는 사람은 멋있어 보인다. 감사의 마음을 자연스럽게 표현하려면 늘 누구에게나 공평하고 타인의 호의를 열린 마음으로 받아들이는 자세가 있어야 하기 때문이다."(『세계 최고의 인재들은 어떤 루틴으로 일할까』)

"'고맙습니다'는 몇 번을 말해도 괜찮다. 감사의 마음은 가능한 한 빨리 전한다. 고맙다는 말은 하면 할수록 말하는 나도, 주변 사람도 기분이 좋아지는 마법의 말이다."(『말하기 매너와 요령』)

✓ '미안합니다'를 다른 표현으로

'미안합니다'는 흔히 '사과', '의뢰(말을 걸 때)', '감사'의 의미로 쓰인다.

편하게 활용하기 좋으나 어떤 의미로 쓴 것인지 헷갈리기 쉽다. 따라서 감사의 마음을 전하고 싶을 때는 정확하게 "감사합니다"라고 말한다.

마음을 확실하게 표현하기(바꿔 말하기) 예문 1

- 미안합니다 [감사] → "감사합니다"
- 미안합니다 [사과] → "죄송합니다"
- 미안합니다 [의뢰] → "부탁드립니다", "실례합니다"

✓ 감사 인사는 생략하지 않는다

간혹 감탄사만으로 감사 인사를 대신하거나 뒷말을 생략하는 경우가 있다. 고마움을 표현할 때는 '감사합니다'라는 말로 정확하고 분명하게 마음을 전달한다.

마음을 확실하게 표현하기(바꿔 말하기) 예문 2

"아이고, 정말……."

↓(감탄사 + 마음을 정확히 표현하기)

"아이고, ○○해주셔서 정말 감사합니다."

예문 2처럼 무엇에 대한 고마움인지 확실하게 표현하면 감사의 마음이 훨씬 잘 전해진다.

✓ '감사'를 말로 표현할 줄 아는 사람은 사랑받는다

늘 감사하는 마음으로 "감사합니다", "고맙습니다"라고 말할 줄 아는 사람은 많은 사람의 협조를 얻을 수 있다.

"성공 가도를 달리는 사람은 감사함을 잊지 않는다. 아낌없이 표현하면서 협력자를 점점 늘려간다."(『가슴에 바로 전달되는 아들러식 대화법』)

28위

어휘력을 늘려 전달력 향상시키기

POINT | 사용하는 어휘(단어, 표현 방법)를 늘린다.

어휘력이란 그 사람이 가지고 있는 단어 지식과 그것을 '적절히 사용하는 능력', '바꿔 말하는 능력'을 의미한다.

어휘력이 높은 사람은 **'상황에 맞춰 적절한 어휘 사용하기'**와 **'상대방이 알아듣기 쉽게 설명하기'**가 가능하다. 한편 어휘력이 낮은 사람은 같은 표현을 돌려쓰고 같은 단어를 반복하기 때문에 표현이 유치하고 미숙하다는 인상을 주기 쉽다.

중국 문헌을 연구하는 학자 야마구치 요지는 '어휘력이 빈곤하면 말이 길어진다'고 지적한다.

"적절한 표현이 떠오르지 않으면 머릿속의 생각을 전부 설명하게 된다. 그러다 보니 말이 많아지고 얘기가 길어지는 것이다. (…) **그만**

큼 당신이 의도하는 메시지가 상대에게 잘 전달되지 않는다."(『어휘력 없이 사회인이 된 사람에게(語彙力がないまま社会人になってしまった人へ)』)

예문

"이 영화에서는 엄청난 힘을 가진 주인공이 활약합니다."

↓(바꿔 말하기)

"이 영화에서는 초인적 능력을 지닌 주인공이 활약합니다."

어휘력을 높이는 3가지 방법

① 독서를 한다

전문가들은 어휘력을 키우는 방법으로 '독서'를 권한다.

"어휘를 늘리려면 우선 책, 문자를 읽어야 한다. (…) 평소에 책을 읽지 않는 사람은 무엇이든 상관없이 평소라면 읽지 않을 법한 어떤 것이든 손에 들고 쉬운 것(재미있어 보이는 것)부터 읽기 시작한다." (『기분 좋게 설득하는 대화법』)

"평소 독서량이 많으면 자연히 어휘가 풍부해진다. 평소 독서량이 말할 때의 어휘 수에 영향을 미친다."(사이토 다카시 지음, 『사람을 10분 끌어당기는 말하기(人を10分ひきつける話す力)』)

② 사전을 찾는다

신문 또는 책을 읽거나 다른 사람과 대화를 나누다가 모르는 단어가 나오면 사전을 찾아본다.

③ 메모를 한다

'멋지다', '써보고 싶다'는 생각이 드는 표현을 만나면 메모했다가 외워둔다.

"회사에 들어간 이후 줄곧 '명언 메모'를 모았다. 괜찮은 표현이 있으면 바로 적어둔다."(『언어화의 힘』)

29위

긍정적인 표현 사용하기

> POINT | **부정적인 표현을 긍정적인 표현으로 바꾼다.**

어떤 단어를 선택하느냐에 따라 상대가 느끼는 인상이 달라진다. 부정적 표현을 긍정적 표현으로 바꿔 말하면 말하는 사람도, 듣는 상대도 긍정적으로 생각하게 되어 **관계가 부드러워진다.**

"이 기획은 여기가 부족하다"라고 말하면 상대는 부정당했다고 느낀다. 그러나 "이 부분을 조금 다듬으면 훨씬 좋아지겠다"라고 긍정적인 표현으로 말하면 상대는 응원의 느낌으로 받아들인다.

"평소에 자주 사용하는 부정적 단어가 있다면 긍정적 단어로 바꿔 말하는 연습을 해본다. 커뮤니케이션 능력이 단숨에 향상된다."
(『99%가 실천하지 않는 1%의 성공 비결』)

"'피곤하다', '귀찮다'라는 말은 전혀 쓰지 않고 '꽤 벅찬 안건이었네요'라고 긍정적 느낌의 표현으로 바꿔 말하면, 자기 기분도 밝아지고 주변 사람의 기분까지 긍정적으로 만든다."(『'더 대화하고' 싶어지는 사람의 44가지 법칙』)

부정적 표현을 긍정적 표현으로 바꿔 말하기 예

- 바빴다 → 알차게 보냈다
- 귀찮다 → 보람이 있다
- 지금은 바빠서 못합니다 → 잠시 후에는 시간을 낼 수 있습니다
- 여름이 싫다 → 겨울이 좋다
- 쳇, 언제까지 기다리게 할 거야? → 빨리 왔으면 좋겠다
- 한 시간밖에 남지 않았다 → 앞으로 한 시간 남았다
- 뭐든 괜찮아요 → 다 좋아합니다
- 홍차로 주셔도 괜찮습니다 → 홍차 부탁드립니다
- 오늘은 고생 많았어 → 오늘도 고생 많았어
- 저 사람은 센스가 없다 → 저 사람은 자기 세계를 가지고 있다
- 저 사람은 싫증을 잘 낸다 → 저 사람은 전환이 빠르다
- 저 사람은 팔방미인이다 → 저 사람은 사교적이다
- 저 사람은 긴장감이 부족하다 → 저 사람은 늘 자연스럽다

30위

입장이 다른 사람에게는 확실히 경의 표하기

POINT | 대등한 관계라는 의식을 가지고 상대를 대한다.

상사·부하, 정규직·계약직·파견직, 발주자·수주자 등 책임과 역할의 차이로 관계성이나 태도를 달리하는 사람이 있다. 그러나 직책, 직위, 나이는 상하관계를 나타내는 기준이 되지 않는다.

대등한 관계란 '상호 존중하는 관계'다.

변호사 하시모토 도루는 특히 부하와의 대화에서 상하관계가 드러나지 않도록 의식한다고 밝힌다.

"'상대와는 대등한 관계'라는 점을 늘 의식했다. 부하직원이 나보다 나이가 많든 적든 존칭을 붙이고 언제나 경어를 사용해 이야기했다."(『교섭력』)

나이토 요시히토도 다음과 같이 언급한다.

"나보다 직위가 낮거나 나이가 어려도 '왕'처럼 대하면 부하는 신뢰하고 따르는 법이다."(『'호감형 인간'의 블랙 심리술』)

지나치게 강한 명령조는 반감을 불러일으키므로 부하직원에게 일을 지시할 때는 명령이 아니라 '확인'을 한다. '확인'만 해도 부하직원은 상사의 지시를 이해한다.

×나쁜 예 **명령, 강요**

"자네 생각이 뭔지 밥 먹으면서 얘기해."

○좋은 예 제안, 확인

"식사하면서 이야기를 좀 들려주겠나?"

×나쁜 예 **명령, 강요**

"빨리 발표 자료 만들어."

○좋은 예 제안, 확인

"발표 자료는 완성됐어?"

"발표 자료를 내일까지 완성해줄 수 있을까?"

극작가이자 연출가인 히라타 오리자는 **"상사가 부하직원에게 복사를 지시할 때 '복사해', '복사해줘', '복사해줄래?', '복사해주세요' 중 어떤 표현이 적절할까? (…) '복사해주세요'일 것이다. 직위와 성별을 막론하고 직장에서는 이처럼 사소하지만 정중한 표현을 착실히 실천해 습관으로 만들어야 한다"**라며 정중한 표현을 권한다(『서로를 이해하지 못해서(わかりあえないことから)』).

31위

'철저한 준비'와 '큰 목소리'로 긴장 극복하기

POINT | 철저히 준비해 긴장을 극복한다.

발표나 면접처럼 사람들 앞에 서서 말할 때는 누구나 어느 정도 긴장한다. 사람은 왜 긴장하는 것일까?

전문 강사 가모가시라 요시히토는 **"'긴장한다'는 것은 신경전달물질의 노르아드레날린(노르에피네프린)이 분비되어 교감신경이 활발해지고 심박수와 혈압, 체온이 올라가는 것을 가리킨다", "긴장한다는 것은 당신의 신체가 많은 사람 앞에서 자연스럽게 말하기 위해 '준비'하고 있다는 의미다"**라고 설명한다(『지금까지 아무도 알려주지 않았던, 사람들 앞에서 말하는 비법(今まで誰も教えてくれなかった人前で話す極意)』).

'긴장은 나쁜 것이 아니라 신체 에너지를 끌어 올리고 있다는 증거'라고 인식을 바꾸면 긴장에 대한 거부감이 줄어든다.

다만 긴장감이 너무 심하면 공포와 불안 때문에 말을 순조롭게 이어갈 수 없다. 긴장을 극복하는 두 가지 방법을 소개한다.

▶▶ 첫째도 '준비', 둘째도 '준비'(준비에 대해서는 21위 참조)

말하기 전문가들은 입을 모아 "긴장하지 않으려면 철저히 준비해야 한다", "리허설을 한다"는 점을 강조한다.

준비를 더 할수록 자신감이 붙어 긴장을 덜한다.

준비에 대해서는 스티브 잡스의 방식에서 힌트를 찾을 수 있다.

"단상에서 당황하지 않기 위해 철저하게 준비한다. 무엇을, 언제, 어떻게 말할지 몸이 기억할 정도로 연습한다."(『스티브 잡스 프레젠테이션의 비밀』)

▶▶ 큰 목소리로 말한다

하버드 대학교 필독 도서 10권에 포함된 『유쾌한 설득학』(제이 하인리히 지음, 세계사, 2008)에는 **"'더 크게 말하기'는 특히 긴장했을 때 효과가 뛰어나다. 크게 말하는 데 의식을 집중하면 자신감 넘치는 목소리로 리드미컬하게 말할 수 있다"**라고 되어 있다.

또 작가 나카타니 아키히로는 면접에서 **"이름을 큰 소리로 말하면 긴장이 줄어든다"**라고 조언한다(『면접의 달인―바이블편』).

철저히 준비하고 큰 목소리로 말하면 긴장을 극복하는 데 효과적이다.

긴장 때문에 얼굴이 굳었을 때는 아가와 사와코가 소개한 방법을 참고할 수 있다.

"'에히메미캉'(일본 주요 감귤 생산지 에히메 지역의 감귤-옮긴이)이라는 말은 거의 '이'와 '에'의 모음으로 구성되어 있다. (…) **이 단어를 여러 번 소리 내어 말하면 저절로 입이 옆으로 벌어져 자연스럽게 웃는 얼굴이 된다."**(『혼나는 힘』)

아가와는 단상에 오르기 직전에 '에히메미캉'을 여러 번 되뇌면 긴장한 상태에서도 웃는 표정을 지을 수 있었다고 한다.

32위

좋은 자세로 말하기

POINT | **등을 곧게 펴고 말한다.**

말할 때는 자세도 중요하다.

자세는 **몸 매무새, 몸을 움직이거나 가누는 모양**을 의미하다. 좋은 자세로 말하면 여러 장점이 따른다.

좋은 자세로 말하기의 4가지 장점

- 목이 열려 발성이 좋아진다.
- 시선이 안정적이다.
- 설득력이 생긴다.
- 신뢰감을 준다.

'좋은 자세'의 기본

- 등을 쭉 편다.
- 턱을 당긴다.
- 머리를 똑바로 세운다.

말하는 상황이나 상대에게 어떤 인상을 주고 싶은지에 따라 '좋은 자세'의 손발 위치가 달라진다.

『절대 합격 2020 면접』에서는 '서 있는 자세 4가지 법칙'을 다음과 같이 소개한다.

1. 등을 펴고 시선을 정면에 둔다.
2. 어깨 힘을 뺀다.
3. 발뒤꿈치를 붙인다.
4. 손을 손끝까지 펴서 허벅지 옆쪽에 둔다(여자는 손을 앞쪽에 둬도 되는데, 손끝까지 쭉 펴도록 의식한다).

면접관에게 좋은 인상을 주고 싶으면, 보기 좋고 바른 자세를 취한다.

경영자 전문 스피치 코치 오카모토 준코는 『세계 최고의 말하기 비법』에서 **"프레젠테이션에서는 등을 세우고 어깨를 편 상태에**

서 자연스럽게 양옆으로 팔을 떨어뜨리거나 양손을 배꼽 위에 모은 자세가 '기본형'이다", "당당하게 보이고 싶을 때는 두 발을 어깨너비로 벌리고 가슴을 편다. 겉모습을 당당하게 만들면 당당한 마음이 따라온다"라고 설명한다.

이와 반대로, 말할 때 하지 말아야 할 자세도 있다. 무심코 이런 자세를 취하지 않도록 주의해야 한다.

하지 말아야 할 자세

- 양손을 배꼽 아래쪽으로 겹쳐둔다 ➔ 자신 없어 보인다.
- (앉아 있을 때) 다리를 떤다 ➔ 침착하지 못하다는 인상을 준다.

33위

키워드 메모하기

POINT | 도입부를 통째로 외우면 자신감 있게 말할 수 있다.

논문을 발표하거나 스피치를 할 때는 원고나 메모를 미리 준비한다. 특히 발표가 처음이라면 원고를 여러 번 고치면서 꼼꼼하게 작성한다.

격식 있는 공식적인 자리에서는 원고를 읽으면서 스피치하는 것이 정석이다.

원고를 만들면 좋은 점

- 시간당 말하는 분량을 알 수 있다(듣기 편한 속도는 1분당 약 300자).
- 짧은 스피치(5분 이내)의 경우 군더더기를 뺀 원고를 만들면 내용이 알차다.

- 현장에서 실제로 보고 읽지 않더라도 원고가 손에 있으면 안심된다.
- 하고 싶은 말을 정리할 수 있다.

발표 시 원고나 메모를 다룰 때는 다음 세 가지에 유의한다.

① 원고를 기계처럼 읽지 않는다

원고를 무미건조하게 읽거나 통째로 암기해 줄줄 읊는 것은 좋지 않다. 발표하는 장소는 청중과 소통하는 자리다. 원고를 보면서 로봇처럼 읽으면 현장감이 떨어지고 청중은 듣고 싶은 마음이 식어버린다. 통째로 암기하면 암기한 내용을 기억해내느라 청중의 반응에 신경 쓸 여유가 없어진다.

② 도입부만 외운다

프레젠테이션에서는 '도입부를 암기하면 도움이 된다'라는 의견도 있다. 시작이 순조로우면 자신감이 붙기 때문이다.

③ 키워드를 적은 메모지를 준비한다

전문가들은 **'보면 내용을 떠올릴 수 있는 키워드를 골라 순서대로 적어둔 메모지'**를 준비하라고 권한다. 문장으로 된 원고를 보고 읽으면 아무래도 표현이 딱딱하기 쉽다. 하지만 메모지에 적힌 키워드를 보고 그 자리에서 내용을 짜서 말하면 자연스럽게 구어체로 표현되어 청중도 편하게 들을 수 있다.

다만, 발표나 스피치에 익숙하지 않다면 써온 원고를 보고 읽어도 괜찮다. 중요한 점은 원고를 제대로 작성하고 준비하는 것이다.

도쿄 대학 교양학부 부교재로 편집된 『지의 기법』에는 **“준비를 충분히 하지 않아 산만한 발표를 하기보다는 어색하더라도 정리된 초고를 한 손에 들고 발표하는 것이 훨씬 설득력 있으며 듣는 사람에게도 호감을 준다”**라고 되어 있다.

34위

상대 이름을 정확히 기억하기

> POINT | **대화 중에 상대의 이름을 적극적으로 부른다.**

공과 사를 막론하고, 처음 만난 상대의 이름을 기억했다가 불러주면 원활한 관계를 구축하는 데 효과적이다.

이름을 불러주면 '자신을 소중히 대한다', '존중받고 있다'는 느낌이 들어 친밀감이 생기기 때문이다.

누구나 이름을 불러주면 기분이 좋아진다. 대화 중에 이름을 불러주면 저절로 호감이 생긴다.

상대의 이름을 기억하면 좋은 점 5가지

- 이름을 부르면 상대와 거리가 가까워진다.
- 신뢰 관계가 싹튼다.

• 인맥이 늘어난다.
• 기억력이 좋고 지적인 사람이라는 인상을 준다.
• 평가가 올라간다.

대화법 전문가들이 말하는 '이름을 기억하는 요령'은 크게 네 가지다.

① 상대의 이름을 소리 내어 말한다

자기소개 시 상대의 이름을 소리 내어 말하면서 눈과 입으로 확인한다.

예문

상대 "처음 뵙겠습니다. ○○ 건설의 홍길동입니다."
나 "처음 뵙겠습니다. △△의 김철수입니다. 홍길동 씨이군요."

② 대화 중에 이름을 부른다

이름을 알고 나면 대화 중에 상대의 이름을 여러 번 부른다. 적어도 세 번 이상 부르려고 노력한다. 세 번 이상 부르면 기억에 더 오래 남는다(자기소개 때, 질문할 때, 헤어질 때).

③ 명함 뒤에 상대의 특징을 적어둔다

업무상 만난 사람일 경우, 받은 명함 뒤에 얼굴의 특징, 인상적인 대화 내용을 적어두면 나중에 기억을 떠올리기 쉽다.

④ 이미지 트레이닝으로 기억하기

헤어진 뒤 이름과 얼굴을 일치시키는 이미지 트레이닝을 하여 기억한다.

35위

웃는 얼굴로 전화하기

POINT | **전화 걸기 전에 할 말을 미리 준비한다.**

전화 통화할 때는 얼굴이 보이지 않는 만큼 목소리와 말투가 인상을 좌우한다.

'상대에게 좋은 인상을 심어주는' 전화 통화 포인트는 다음 네 가지다.

① 미소를 지으며 말한다

목소리만으로 이루어지는 커뮤니케이션에서도 표정이 상대에게 전해진다.

다도가 시오쓰키 야에코는 『품위 있게 말하는 법』에서 **"(전화는) 서로의 호흡까지 들릴 정도여서, 오히려 만나서 대화할 때보다 밀**

착된 커뮤니케이션이 이루어지기 때문에 더 주의 깊게 행동해야 한다"라고 지적한다.

유선 전화뿐만 아니라 휴대전화나 음성 채팅 기능을 이용할 때도 밝고 활기차게 응대한다.

② 전화를 걸기 전에 '할 말'을 생각해둔다

전화 통화에서는 정보를 가능한 한 효율적으로 간결하고 정확하게 전달한다. 용건이 많을 때는 미리 말할 내용을 메모해둔다.

전화 통화가 부담스러운 경우, 상대의 정보나 통화할 장소, 시간을 확인하는 등 만반의 준비를 하면 한결 편해진다.

가나모리 다카코는 『입사 1년 차 비즈니스 매너 교과서』에서 **"처음엔 긴장될 수 있으나 꼼꼼하게 준비하고 전화 통화에 임하면 대화가 부드럽게 흘러간다"**라고 설명한다.

✓ 전화 걸기 전에 확인할 사항

- 상대의 정보 … 전화번호, 회사·부서명, 이름 등을 확인한다.
- 전할(들을) 내용 … 필요한 경우에는 자료를 준비한다.
- 전화를 걸 장소, 시간 … 전화를 걸기에 알맞은 장소인지, 상대에게 적절한 시간인지 확인한다.

③ 말끝을 흐리지 않는다

전화 통화할 때는 예의를 갖춰 정중하게 말하고 용건을 명확하게 전달한다.

특히 말끝을 흐리지 않도록 주의한다. '○○합니다'라는 긍정인지, '○○하지 않습니다'라는 부정인지 확실하게 발음한다.

④ 끊을 때는 천천히 마무리한다

전화를 끊을 때는 탁 끊지 않고 천천히 끊는다.

매너 스쿨 라이비움 대표 스나이 에미는 『'잘 자란 사람'만 아는 것(「育ちがいい人」だけが知っていること)』에서 **"급할 때도 '서둘러야 해서 이만 끊겠습니다'와 같이 한마디 덧붙이고 나서 끊는다"**라고 조언한다.

36위

중요한 내용 반복하기

POINT | **핵심은 짧게, 반복해서 말한다.**

말하기 전문가들은 중요한 내용(전하고 싶은 메시지)은 반복해서 말하라고 권한다.

핵심을 반복할 때는 다음 두 가지를 유념한다.

① 중요한 내용만 반복한다

카피라이터 사사키 게이치는 『인생이 바뀌는 말습관』(한국경제신문사, 2017)에서 '말하기 요령' 중 한 가지로 '반복하기'를 소개한다.

"말을 반복하면 상대의 머릿속에 남는다. 꼭 전하고 싶은 메시지를 반복하기만 하면 된다. 효과적이면서 짧은 시간에 할 수 있어 유용한 레시피다."

✓ 중요한 말을 반복할 때의 장점

- 메시지가 상대의 기억에 남는다.
- 리듬이 생겨 이해가 더 잘된다.

중요한 말을 반복할 때는 다음 순서를 따른다.

'전하고자 하는 메시지'를 정하고
'가능한 한 짧은 말'로
'반복'한다.

예문

"I have a dream ~. I have a dream ~"
… '나에게는 꿈이 있다'를 반복한 미국 마틴 루서 킹 목사의 강연.

"잊지 말아야 할 것이 있습니다. 그것은 대지진의 절망 속에서 본 일본인의 고귀한 정신입니다. 잊지 말아야 합니다~"
… 2011년 동일본 대지진 후 총리대신으로 선출된 노다 요시히코의 연설.

"기합이다, 기합이다, 기합이다."
… 프로레슬러 애니멀 하마구치가 기합을 넣을 때 외치는 구호.

② 정말 중요한 것은 '기회가 될 때마다' 계속 말한다

그렇다면 중요한 내용을 몇 번 정도 반복하면 좋을까?

프레젠테이션이나 강연회 등에서는 적어도 2~3회 이상 반복해야 효과가 나타난다. 기업에서 중요한 사항을 직원에게 전달할 때는 기회가 되는 한 여러 번 반복한다.

고야마 노보루는 『돈 잘 버는 사장의 커뮤니케이션 철칙』에서 **"같은 말을 여섯 번 반복하면 (…) 겨우 전체 내용의 60퍼센트 정도가 전달된다"**라고 설명한다.

37위

상대에 따라 적정한 거리와 위치 고려하기

POINT | 말하는 상황・목적・관계성에 따라 적절한 위치와 거리가 다르다.

대화할 때는 물리적 위치와 거리를 의식한다. **위치나 거리가 그 자리의 분위기에 영향을 미치기** 때문이다.

대화할 때 위치 관계는 크게 세 가지로 나뉜다.

대화할 때의 위치 관계

① 정면 … '대결 위치'라고 한다. 긴장감이 생기므로 비즈니스 자리에서 자주 쓰인다.

② 대각선… L 자형(90도) 위치를 유지하면 친근감이 생긴다. 일상생활에서 대화나 인터뷰할 때 적합하다. 비즈니스에서 상대와 거리를 좁히고 싶을 때도 사용한다.

③ 옆자리 … '교류 위치'라고 한다. 친근감과 동료 의식이 생긴다. 영업 등에서 쓰인다.

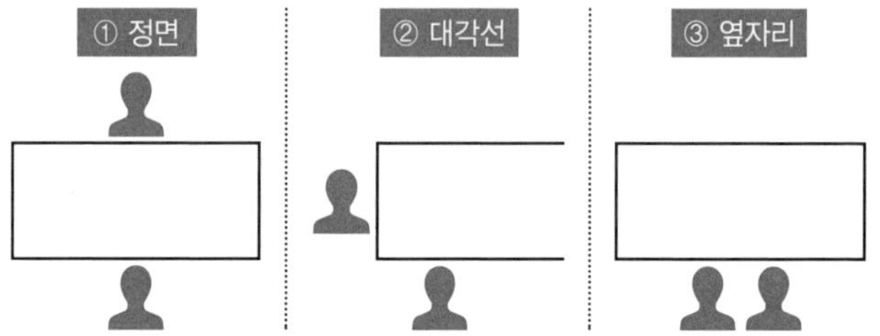

아나운서 우오즈미 리에는 『하루 만에 목소리까지 좋아지는 말하기 교과서』에서 **"대화할 때는 상대와의 거리감에 따라 '앉는 위치'를 달리하라"**고 조언한다.

대화할 때는 상대와의 물리적 거리 또한 의식한다.

관계가 친밀해질수록 거리는 가까워진다.

그렇다면 어느 정도가 적정 거리일까? 작가이자 컨설턴트인 후쿠다 다케시는 **"가까운 사이에서는 '친밀 거리'라 하여 팔을 뻗었을 때 손끝이 닿을 정도가 적당하다", "초면인 사람과는 1미터를 기준으로 삼는다"**라고 설명한다(『사람은 '말투'로 90퍼센트 바뀐다(人は「話し方」で9割変わる)』).

커뮤니케이션 강사 스기야마 미나코가 감수한 『말하기 매너와 요령』에는 구체적인 수치가 실려 있다.

- **연인 사이 밀접한 거리 … 14~45센티미터**
- **친구 사이 대화의 거리 … 45~120센티미터**
- **상대와 친밀감을 높이고 싶을 때 … 70~120센티미터 이내**

지나치게 가까우면 긴장감이 생기고 너무 멀면 서먹한 느낌이 든다. **상대에 따라 적정한 거리와 위치를 고려**하면 대화가 한결 원활해진다.

38위

마무리 대화에서 좋은 인상 남기기

> POINT | **마지막에 좋은 인상을 남기면 '또 만나고 싶은 사람'으로 인식된다.**

프레젠테이션 등에서 자리를 뜰 때 좋은 인상을 남기면 상대는 '다음에 또 만나고 싶다', '다시 한번 이야기를 듣고 싶다'고 생각한다. 그런 경험이 쌓여 관계성이 구축된다.

떠날 때의 인상이 왜 중요할까?

기류 미노루는 『상대의 마음을 얻는 일류 대화법』에서 '친근 효과'를 들며 그 이유를 설명한다.

"친근 효과란 미국 심리학자 노먼 앤더슨이 제창한 개념으로 (…) '사람은 마지막에 얻은 정보에 영향을 받기 쉽다'는 심리다. (…) 마지막에 주는 임팩트가 향후 전개에 커다란 영향을 미친다."

또 시오쓰키 야에코는 『품위 있게 말하는 법』에서 **"헤어질 때 인사는 재회에 초점"**을 두라고 조언한다.

헤어질 때 상대가 궁금해할 만한 정보를 언급하면 상대에게 더욱 깊은 인상을 남길 수 있다.

×나쁜 예

"오늘 즐거웠습니다. 감사합니다. 안녕히 가세요."

○좋은 예 1

"홍길동 씨, 오늘 즐거웠습니다. 감사합니다. 또 봬요."

○좋은 예 2

"홍길동 씨, 오늘 즐거웠습니다. 감사합니다. 그러고 보니 지난번에 레드와인 좋아하신다고 하셨죠. 레드와인 맛있는 레스토랑을 알고 있는데, 다음에 같이 가시죠."

나쁜 예에서는 당일의 감상만 전하며 작별 인사를 마쳐 아쉬움이 남는다.

좋은 예 1에서는 '홍길동 씨'라고 상대의 이름을 부른다. 34위에서 소개했듯이 자신의 이름을 부르는 상대에게는 호감을 느낀다. 여기에 '또 봬요'라고 재회로 이어지는 말을 더한다.

좋은 예 2에서는 이에 더해 '레드와인 맛있는 레스토랑'이라는, 상대가 궁금할 만한 정보를 전달한다.

헤어지는 순간을 소중히 하면 다시 만날 기회가 만들어진다.

39위

명확하고 분명하게 거절하기

POINT | 의뢰를 거절할 때 모호한 답변은 금물이다.

업무상 의뢰나 사적인 부탁을 거절할 때는 분명하고 명확하게 '거절' 의사를 밝힌다. '거절하면 화를 낼 것 같다', '상대에게 상처를 줄 것 같다'는 생각이 들어도 모호하게 답변해선 안 된다.

답변이 모호하면 오히려 상대를 화나게 하거나 곤란하게 만들 수 있고, 의도와 다르게 기대나 오해를 불러일으킬 수도 있다.

이때 '어떻게 거절하느냐'가 이후 관계를 좌우한다. 의뢰나 부탁을 어떤 식으로 거절하면 좋을까?

거절의 기본

- 빨리 거절한다.
- '미안합니다'를 붙인다.
- 거절하는 이유를 얼버무리지 않는다.
- 이유를 거짓말하지 않는다.
- 깔끔하게 거절한다('가능하면 하고 싶지만', '사실은 정말 가고 싶지만' 등 불필요한 말을 하지 않는다).

가바사와 시온은 『아웃풋 트레이닝』에서 부드러운 거절법을 다음과 같이 제안한다.

"거절의 공식 = 사과(감사) + 이유 + 거절 + 대체안"

거절의 공식 활용 예문

"죄송해요(사과). 그 일을 맡겨주셔서 정말 감사합니다(감사). 오늘 아이를 데리러 가야 해서(이유) 아쉽지만 할 수가 없네요(거절). 내일 오전에는 끝낼 수 있는데, 어떠신가요?(대체안)"

스나이 에미는 『'잘 자란 사람'만 아는 것』에서 **"상대의 권유를 거절할 때야말로 그 사람의 품성이 드러난다"**며 **"감사 + '아쉽지만' + 이유 + 사과"**라는 품위 있는 거절법을 소개한다.

품위 있는 거절법 활용 예문

"권해주셔서 정말 기뻐요. 감사합니다(감사). 너무 아쉽지만, 학부모 회의가 있어서요(이유). 일부러 말씀해주셨는데 죄송합니다(사과). 나중에 꼭 다시 불러주세요."

40위

'음', '아' 없애기

POINT | **'음', '아'라는 말이 나오려고 하면 입을 꾹 다문다.**

대화하다 보면 무심코 '음', '아'라는 말이 튀어나온다.

다음 말로 이어질 때 무의식적으로 쓰게 되는 표현이다. 이런 연결 표현을 '중간 이음말', '틈새 채우기말'이라고도 부른다.

대화할 때 왜 이런 표현을 삼가는 것이 좋을까?

아나운서 아즈미 신이치로는 **"일반적으로 '에', '저기', '음' 따위를 연발하면 '예스인지 노인지 결론을 못 내리는 사람', '생각이 정리되지 않은 사람'이라는 인상을 준다"**라고 지적한다(『말하는 힘』).

마찬가지로 아나운서인 우오즈미 리에는 **"'에', '저기' 등의 감탄**

사는 본인은 그리 신경 쓰지 않을지 몰라도 듣는 사람 귀에는 꽤 거슬린다"며 문제점을 지적한다(『하루 만에 목소리까지 좋아지는 말하기 교과서』).

말하기를 다룬 명저에는 무의식중에 나오는 연결 표현으로 다음과 같은 말을 언급한다.

'에', '저기', '그러니까', '뭔가', '그', '좀', '사실은' 등

이런 연결 표현은 무의식중에 쓸 때가 많아 자신이 얼마나 많이 사용하는지 알기 어렵다. 이것이 습관으로 자리 잡으면 '음', '저기'가 수시로 튀어나온다. 어떻게 하면 이런 습관을 고칠 수 있을까?

말하기 전문가들은 불필요한 연결 표현을 없애는 방법을 다음과 같이 소개한다.

'음', '저기'를 쓰지 않는 방법

- 연습을 자주 하고 다른 사람에게 피드백을 받는다.
- 말하는 목소리와 자세를 녹음하거나 녹화해 스스로 확인해본다.
- '에', '음'이라는 말이 나올 것 같으면 입을 다문다.
- 자주 쓰는 연결 표현을 대신할 말을 준비한다.
- 하고 싶은 말을 명확하게 정리한다.
- 문장을 짧게 말한다.

Column

전달력을 키우면 대화를
잘할 수 있다!

대면에서 전화로, 그리고 메일과 채팅, 온라인 회의까지 커뮤니케이션 방법이 비즈니스 환경과 함께 점점 변화하고 있다.

이러한 변화와 관련해, 일본 문화청에서는 '국어에 관한 여론조사'를 실시해 그 결과를 발표했다(조사 시기: 2013년 3월).

국어에 관한 여론조사

- 자신이 의도한 메시지가 상대에게 제대로 전달되지 않은 경험이 있다 … 63.4%
- 상대가 의도한 메시지와 내가 알아들은 내용이 어긋난 적이 있다 … 66.5%

문화청은 이러한 조사 결과를 바탕으로 '메일 등 비대면 정보 수단이 확대되면서 대면 커뮤니케이션에 서툰 사람이 늘고 있다'고 결론 내렸다.

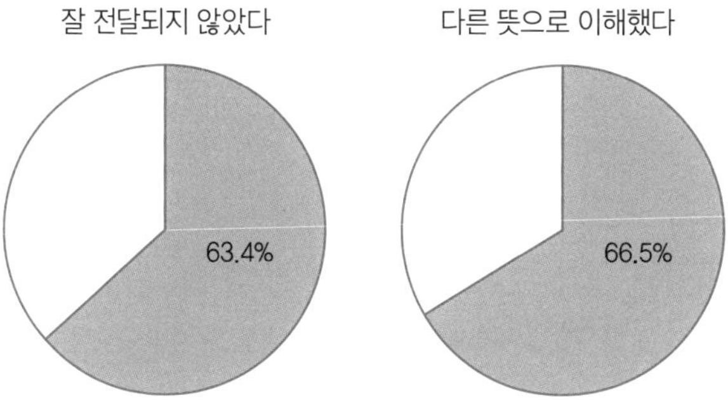

요컨대 SNS와 이메일이 보급되면서 **아날로그 커뮤니케이션이 거북한 사람, 대화하는 데 자신이 없고 자기 의견을 잘 표현하지 못하는 사람, 요점을 조리 있게 설명하지 못하는 사람**이 증가하는 것이다.

건강한 인간관계를 구축하는 데 대화를 통한 커뮤니케이션은 불가결한 요소다. 더욱이 사회적 거리 두기가 요구되는 오늘날에는 얼굴을 여러 번 마주하고 커뮤니케이션하기가 어렵다. **대면 기회가 줄어든 만큼 커뮤니케이션의 질이 한층 더 중요해졌다.**

이 책은 자신이 말하고자 하는 바를 정확하게 전달하는 데 중점을 두었다. 그러나 결과적으로 이는 '상대의 의도를 정확히 파악하는 능력'과 연결된다.

대화의 오해를 없앨 뿐만 아니라 커뮤니케이션을 통해 더 나은 관계를 구축하는 데 이 책이 잘 활용되기를 바란다.

부록

말하는 법을 다룬 베스트셀러 100권에서 찾아낸 포인트를 상황에 맞게 활용하기!

지금까지 '말하는 기술', '전달하는 기술'을 다룬 베스트셀러에서 포인트만 간추려 소개했다. 이처럼 설득력 있는 항목을 실제로 어떻게 적용하면 좋을까?

일대일 대화 또는 프레젠테이션, 대면 회의, 온라인 회의 같은 상황에서 과연 어떤 포인트를 활용해야 할지 궁금한 독자를 위해 8가지 상황으로 나누어 특히 참고할 만한 항목을 정리했다.

1. 처음 만나거나 친분이 깊지 않은 사람과 대화할 때

2. 일대일로 보고·연락·상의할 때

3. 일대일로 상대의 이야기를 들을 때(인터뷰), 커뮤니케이션을 통해 관계를 다질 때

4. 일대일로 설득·교섭할 때

5. 청중 앞에서 프레젠테이션·스피치할 때

6. 온라인·전화로 말할 때

7. 윗사람이나 아랫사람, 나이 차이가 많은 사람과 대화할 때

8. 아이를 칭찬하거나 혼낼 때

1. 처음 만나거나 친분이 깊지 않은 사람과 대화할 때

특히 유용한 5가지 포인트

22위 인사로 훌륭한 인간관계 시작하기

34위 상대 이름을 정확히 기억하기

5위 단골 소재로 막힘없이 잡담하기

12위 웃는 얼굴로 대화하기

38위 마무리 대화에서 좋은 인상 남기기

모임이나 파티, 이벤트, 아이스 브레이크(초면의 긴장감을 완화하는 것) 등의 자리에서 초면 혹은 그리 친하지 않은 사람과 대화할 때 유용한 포인트다.

이러한 상황에서 대화는 더욱 돈독한 관계를 형성하는 출발점이 된다. 그런 의미에서 서로에게 좋은 인상을 남기고 이후 만남으로 이어지는 데 도움이 되는 항목을 선정했다.

위 5가지 포인트는 엘리베이터나 사무실에서 마주쳐 가볍게 인사를 나눌 때도 적용할 수 있다. 적극적으로 활용해보자.

2. 일대일로 보고·연락·상의할 때

특히 유용한 5가지 포인트

2위 말하는 순서를 잘 활용해 깊은 인상 남기기
8위 구체적으로 말하기
11위 짧게 말하기
19위 요점을 간단하고 명료하게 전하기
36위 중요한 내용 반복하기

업무상 대화에서는 '하고 싶은 말을 오해 없이 전하는 것'이 중요하다. 여기서는 '상대가 이해하기 쉽고', '오해를 만들지 않도록' 말하기 위한 5가지 포인트를 선정했다.

이런 항목이 당연해 보일지 모르지만, 실제로 비즈니스 현장에서는 이러한 포인트를 유념하지 않아 오해가 생기는 경우가 많다.

×나쁜 예

"요전에 회의에서 지적하신 건 말인데요, 확인해보니 역시 새로운 태그에 미흡한 부분이 있어서 다시 알아보았습니다만, 그쪽도 매우 바쁜 모양이라 이대로는 기한을 맞추기 어려우니, 일단 가능한 만큼 납품을 받고 나머지는 되도록 빨리 받는 식으로 생각하고 있습니다. 이렇게 진행하면 어떨까요?"

구두로 이러한 보고를 받으면 무슨 말을 하는지, 문제가 무엇인지, 몇 개를 언제까지 확보한다는 것인지, 나머지는 언제 가능하다는 것인지 구체적인 정보를 파악할 수 없다.

이런 경우에는 다음 5가지 포인트에 따라 정리하는 것이 좋다.

- **'납기에 대한 이야기'라고 맨 처음에 상의할 항목을 제시한다.**
- **발주 수량 100개, 다음 달 10일 등 구체적으로 전달한다.**
- **문장을 짧게 나눈다.**
- **불필요한 정보는 생략한다.**
- **미흡한 부분, 발주 수량, 납기 등 상사가 파악하고 있는 내용이라도 중요한 정보는 다시 언급한다.**

위 포인트를 적용하면 다음 예시와 같이 정리할 수 있다.

○ 좋은 예

"지난주 정례 회의에서 지적받은 새로운 태그에 관한 이야기입니다. 역시 시제품 단계에서는 태그를 붙이는 부분의 작업이 미흡했습니다. 서둘러 개선 작업을 진행하고 있지만, 이번 달 안에 전량 납품하기는 어렵다고 합니다. 발주한 100개 중 절반은 이번 달에 받고, 나머지 반은 다음 달 10일까지 받는 것으로 진행하려고 하는데, 어떠신가요?"

말로 보고할 때 문장을 길게 이으면 듣는 사람이 이해하기 어렵다. 전달해야 할 것을 사전에 정리해 효율적인 커뮤니케이션을 하도록 유념한다.

3. 일대일로 상대의 이야기를 들을 때(인터뷰), 커뮤니케이션을 통해 관계를 다질 때

특히 유용한 5가지 포인트

- 37위 상대에 따라 적정한 거리와 위치 고려하기
- 1위 상대 중심으로 대화하기
- 4위 좋은 질문으로 이야기 끌어내기
- 9위 '맞장구'와 '끄덕임'으로 공감 표현하기
- 18위 상대의 말을 끊지 않기

상대의 이야기를 차분히 듣고 싶다면 '앉는 위치'를 고려해야 한다. '대결 위치'는 필요한 정보를 효율적으로 끌어내는 상황에선 좋지만 상대의 속 깊은 이야기를 듣고자 할 때, 상대와 마음의 교류를 하고 싶을 때는 적합하지 않다. '대결 위치'에서는 경계심이 느껴져 좀처럼 허물없는 이야기를 꺼내기 어렵다. 이때는 'L 자형'이나 '교류 위치'로 앉아 대화하는 것이 효과적이다.

이 밖에 4가지 포인트 모두 상대가 편하게 이야기하는 데 도움이 되는 행동이다. 어색하게 과장해선 안 되겠지만, 의식적으로 상대의 이야기를 귀 기울여 듣고 이야기가 자연스레 깊어질 수 있도록 미리 질문을 생각해두면 마음을 터놓고 이야기하기가 한결 쉬워진다. 5가지 포인트에는 넣지 않았으나 상대가 말하기 어려워한다는 느낌이 들 때는 '**25위 자신을 먼저 오픈하기**'도 효과적이다.

4. 일대일로 설득 · 교섭할 때

특히 유용한 5가지 포인트

7위 상대의 눈을 보면서 말하기
15위 간단하고 쉬운 표현으로 말하기
26위 요구 밀어붙이지 않기
29위 긍정적인 표현 사용하기
32위 좋은 자세로 말하기

설득이나 교섭에서는 내용 혹은 상대와의 관계성에 따라 대화 분위기와 흐름이 크게 달라진다. 여기서는 상대가 '이 사람의 말이라면 믿을 수 있겠다', '제시한 조건을 받아들여보자'라고 생각하게 만드는 데 효과적인 5가지 포인트를 선정했다. 바꿔 말하면 커뮤니케이션을 통해 신뢰 관계를 구축하기 위한 포인트다. 자세나 행동에 성실성이 느껴지는 사람, 자기 상황을 이해하고 이야기해

주는 사람, 오해를 부르지 않는 표현으로 명확하게 설명하는 사람, 상대에게 긍정적인 미래를 보여주는 사람은 설명에 능한 사람 이상으로 설득력과 교섭력을 가진 사람이라는 인상을 준다.

또 한 가지, 교섭 상대에게 신뢰를 얻기 위한 태도로서 **'39위 명확하고 분명하게 거절하기'**도 유효하다.

5. 청중 앞에서 프레젠테이션 · 스피치할 때

프레젠테이션 내용 중 특히 유용한 5가지 포인트

8위 구체적으로 말하기
19위 요점을 간단하고 명료하게 전하기
20위 대화와 발표에서 시작에 신경 쓰기
21위 스피치하기 전에 철저히 준비하기
33위 키워드 메모하기

프레젠테이션에서 말하는 방식 중 특히 유용한 5가지 포인트

3위 완급 조절하며 말하기
7위 상대의 눈을 보면서 말하기
17위 손짓과 몸짓 활용하기
32위 좋은 자세로 말하기
31위 '철저한 준비'와 '큰 목소리'로 긴장 극복하기 여기서는 프레젠테이션, 스피치 또는 면접과 같이 여러 사람을 대상으로 말하는 상황(대면과 비대면 방식 모두 포함)을 고려했다. 이야기 내용과 말할 때의 동작으로 나눠 포인트를 정리했다.

이야기 내용과 동작 모두 '준비'가 중요하다.

구체적으로 전달하기 위해, 미리 말하고자 하는 바를 정리하고 요점을 간추리는 준비 작업을 한다. 도입부부터 순서대로 키워드를 적은 메모지를 준비한다.

이처럼 착실한 준비와 연습을 거치면 지나치게 긴장하거나 이야기의 중심이 흔들리는 일 없이 자신감을 가지고 임할 수 있을 것이다.

'어떤 준비를 어느 정도 해야 실전에서 자연스럽게 말할 수 있을까' 스스로 판단해 철저히 준비한다.

요즘에는 온라인으로 이루어지는 프레젠테이션, 스피치, 면접이 늘고 있다. 이때는 온라인 환경(인터넷 접속 상태나 기기)에 불안 요소가 없는지 미리 확인한다.

5가지 포인트에서는 언급하지 않았지만, **'23위 연습으로 대화 능력 키우기'**는 모든 상황에서 공통적으로 적용되는 대전제다.

프레젠테이션의 고수도, 전설의 연설가도, 인기 아나운서나 해설가 모두 경험을 쌓아 실패를 극복했기에 지금 위치에 있는 것이다.

충분히 준비하고 연습하면 누구나 프레젠테이션, 스피치, 면접 능력을 키울 수 있다.

6. 온라인 · 전화로 말할 때

특히 유용한 5가지 포인트

3위	완급 조절하며 말하기
7위	상대의 눈을 보면서 말하기
11위	짧게 말하기
18위	상대의 말을 끊지 않기
35위	웃는 얼굴로 전화하기

최근 더욱 중요해진 온라인 회의에서의 대화 요령을 정리했다.

3위 '완급 조절하며 말하기'와 **7위 '상대의 눈을 보면서 말하기'**를 선정한 이유는 온라인으로 대화할 때 특히 생각, 열정, 감정이 잘 전달되지 않기 때문이다. 말의 완급을 조절하고 문장을 끝까지 명확하게 발음해 말의 내용뿐만 아니라 내면의 감정도 전달되도록 유의한다.

또 컴퓨터 화면과 웹 카메라가 떨어져 있어 회의 중 눈을 맞추기 어려울 때는 일부러라도 카메라를 보면서 눈을 맞추면 상대가 대화하는 데 편안해한다.

11위 '짧게 말하기'와 **18위 '상대의 말을 끊지 않기'**는 온라인 대화의 어려운 점을 고려한 것이다.

스피치 컨설턴트 야노 가오리는 말할 때의 포인트 중 하나로 '한 문장을 짧게 하기'를 제안한다.

"한 문장을 길게 말하면 듣는 사람이 혼란스럽다. 자기 말을 녹음하거나 녹화해서 한 문장의 글자 수를 확인해보라. 알아듣기 쉬운 글자 수는 한 문장에 50자 정도다."(『온라인 '전달법'은 이것이 다르다!(オンラインでの「伝え方」ココが違います!)』)

온라인에서 대화할 때는 말할 타이밍을 잡기가 어렵다. 주의를 기울여도 상대의 말과 겹치거나 다른 사람이 발언할 틈을 주지 않고 자기 말만 길게 늘어놓기도 한다.

말을 간결하게 정리하고 평소보다 세심하게 상대의 모습을 살피면서 나 혼자 계속 말하지 않도록, 상대의 말을 가로채지 않도록 주의해야 한다.

마지막으로 **35위 '웃는 얼굴로 전화하기'**이다. 화면이 보일 때는 물론이고 화면이 꺼져 있을 때도 말하는 사람의 표정이 목소리로 오롯이 전해진다.

상대가 눈에 보이지 않으면 방심해서 무표정하기 쉽다. 온라인으로 대화할 때는 의식적으로 표정에 변화를 만들고 목소리에 감정을 실어서 말한다.

7. 입장이나 나이 차이가 많은 사람과 대화할 때

특히 유용한 5가지 포인트

22위 인사로 훌륭한 인간관계 시작하기
30위 입장이 다른 사람에게는 확실히 경의 표하기
13위 혼내는 것과 화내는 것 구별하기
14위 윗사람과 예의 있게 대화하기
18위 상대의 말을 끊지 않기

다른 상황에 있는 사람이나 나이대가 다른 사람과 이야기할 때는 상대에게 불쾌감을 주지 않으려 노력해야 한다.

사람마다 가치관이 다르기 때문에, 칭찬할 의도로 한 말이 상대에게는 불쾌하게 여겨질 수 있다는 점을 명심하자.

커뮤니케이션이 조금 어려울지라도, 입장이나 나이 차이가 많은 사람과 교류하면 서로에게 좋은 경험이 되고 성장하는 데 양식이 된다. 여기서는 깊은 관계가 구축되기 전 커뮤니케이션의 기본이 되는 항목을 추렸다.

말하는 방식, 전달하는 방식인 커뮤니케이션은 관계를 형성하기 위한 첫걸음이다.

'이런 사람에게는 이런 식으로 대하면 되겠지'라고 가볍게 생각하지 말고 정중하게 대해 돈독한 관계를 만들어가야 한다.

8. 아이를 칭찬하거나 혼낼 때

특히 유용한 5가지 포인트

6위 칭찬으로 대화를 매끄럽게 이끌어가기
13위 혼내는 것과 화내는 것 구별하기
3위 완급 조절하며 말하기
7위 상대의 눈을 보면서 말하기
15위 간단하고 쉬운 표현으로 말하기

일상에서 칭찬하는 법과 혼내는 법을 어떻게 활용할지 고민하는 사람이 많을 것이다. 많은 명저에서 아이를 칭찬하는 방법과 혼내는 방법을 다룬다.

칭찬하는 내용(혼내는 내용)이나 말하는 방식은 기본적으로 어른에게 말할 때와 마찬가지로 이유를 덧붙이고, 과정에 주목하는 것이 효과적이다. 다만, 아이를 대할 때는 3위, 7위, 15위에서 소개한 행동이나 전달 방법에서 더 많은 주의가 필요하다.

예를 들어 '시선의 높이'를 맞춘다. 아이와 어른은 마주 볼 때, 서 있을 때, 앉아 있을 때 모두 어른이 아이를 내려다보게 된다. 이런 시선 차이는 아이에게 위압감을 준다.

어린아이를 대할 때는 아이가 이해할 수 있는 속도로 천천히 말하고 쉬운 표현을 사용하는 것이 중요하다. '상대'를 중심으로 전달하는 것이 대원칙이다.

| 나가는 말 ① |

말은 그 사람이다

후지요시 유타카

약 30년간 작가로서, 편집자로서 출판 분야에 몸담아왔다. 줄곧 언어의 바다를 헤엄쳐온 나는 '글은 그 사람이다'라고 굳게 믿는다.

글에는 쓰는 사람의 생각과 인성이 짙게 드러난다.

'말은 인품'이라는 말처럼 언어에는 그 사람의 인성과 품위, 마음, 생활이 고스란히 드러난다. 그리고 '말은 마음의 거울'이라는 말처럼 언어에는 그 사람의 마음속 생각이 자연스레 드러난다.

이를테면 전철 안에서 울고 있는 아기를 봤을 때 "시끄러우니까 울지 마라. "아이를 데리고 전철에 타지 마라", "울면 부모가 달래라", "일단 내려라"라고 말하는 사람이 있는가 하면, "아기가 우는 것은 자연스러운 일이다", " 사회는 아이에게 관용을 베풀어야 한다", "아이를 함께 키우는 사회가 되기를 바란다"라고 말하는 사람도 있다.

'아기가 전철 안에서 울고 있다'는 한 가지 사실에도 해석과 받아들이는 방식은 여러 가지가 있다. 그 사실의 가치를 정하는 것은 말하는 사람의 마음, 내면, 가치관이다.

어떤 단어로 어떻게 표현하고 어떤 생각을 내보일지는 각자의 선택이다.

짜증이 난 사람은 공격적인 말을 내뱉기 쉽고 마음이 여유로운 사람은 평온한 말을 한다.

'젠장', '멍청이', '바보'라는 표현을 쓰며 상대를 비난하면, 논리적 정당성이 있어도 인정받기 어렵다.

전작 『결국은 문장력이다』에서 글쓰기 포인트 28위로 '글은 곧 그 사람이다'를 소개했다.

글에는 그 사람의 생각, 사상, 성격과 같은 인간성이 자연스럽게 반영된다. 이것이 바로 '내면 가꾸기'가 필요한 이유다.

말하는 기술에 관한 100권의 책을 다 읽고 나서 말과 글, 대화와 글쓰기라는 커뮤니케이션의 수단은 달라도 '메시지를 전달한다'는 본질은 한 가지임을 깨달았다.

중요한 것은 내면을 가꾸는 것이다.

말하는 기술을 다룬 책 100권 가운데 인상에 가장 깊이 남은 문장이 있다. 다도가 시오쓰키 야에코의 글이다.

"결국 '말은 그 사람'이다. 따뜻한 인성이 배어 나오는 사려 깊은 말이 상대의 마음을 움직인다."(『품위 있게 말하는 법』)

테크닉을 익힌다고 갑자기 타인과의 소통이 원활해지는 것은 아니다. 듣는 사람의 마음을 움직이는 것은 화술이 아니라 인품이다. 시오쓰키 야에코는 화술을 갈고닦는 것 이상으로 **'성실하게 행동하는 것', '진심으로 대하는 것', '상대의 마음을 헤아리는 것'**의 소중함을 가르쳐준다.

말하기도 글쓰기도 결국 '그 사람' 자체다.

친밀한 마음, 다정한 마음, 따뜻한 마음을 가진 사람의 말은 표현이 조금 미흡해도 듣는 사람을 끌어당긴다. 반대로 타인을 배려하지 않는 사람은 아무리 화술이 뛰어나도 이내 고립되고 만다.

아사히신문 기자였던 아쓰노 가즈오의 말을 빌리자면 **"결국은 '내면'의 깊이가 좌우한다"**(『어느 노 언론인의 작문 노트』, 지식노마드, 2020)다.

매일 생활 속에서 무엇을 보고 웃고, 무엇을 보고 울고, 무엇을 보고 기뻐하고, 무엇을 보고 화내는가? 무엇을 배우고, 무엇을 알고, 무엇을 깨닫고, 무엇을 생각하는가? 무엇을 좋아하고, 무엇을 싫어하는가?

이러한 마음의 미묘한 움직임이 '나의 말'을 만들어낸다.

'내면을 가꾸면 사물을 보는 방식이 달라진다. 표현을 바꾸면 말하는 방식이 달라지고 삶이 바뀐다.'

말하기를 다룬 100권의 명저는 나에게 이 점을 일깨워줬다.

말하는 방식을 바꾸는 것은 내면을 가꾸는 일이다.

자신의 말하기 습관을 돌아보는 작업은 자기 내면을 살피는 작업이다.

이 책이 독자 여러분의 말, 대화 그리고 내면을 갈고닦는 데 시작점이 되기를 진심으로 바란다.

| 나가는 말 ② |

괜찮아, 잘 말할 수 있어

오가와 마리코

약 30년을 작가로 살아왔다. 간단히 말하면 '듣고(인터뷰하고)', '쓰는' 일을 해왔다.

20대 때는 편집 프로덕션에서 일하는 신출내기 작가였다. '글쓰기'는 좋았지만 '인터뷰'는 어려웠다. 이야기를 듣는 내 방식이 너무 어설펐는지 인터뷰 상대가 도중에 가버린 적도 있다. 충격이었다. '작가라는 직업과 잘 안 맞는 것 아닐까?' 심각하게 고민했다.

사실 어릴 때부터 긴장을 잘하는 편이어서 사람들 앞에 나서거나 처음 보는 사람과 이야기할 때면 머릿속이 하얘졌다. 자라면서 어느 정도 나아졌지만 사회인이 되어서도 어렵기는 마찬가지였다. '작가라는 직업이 무모한 선택이었나?' 이런 생각을 한 적도 있다.

하지만 내가 일하던 직장은 일이 연달아 몰아쳐 아주 바빴다. 멍하니 멈춰 있을 시간이 없었다. 버겁다고 느끼면서도 인터뷰를 하러 다녔고 계속해서 원고를 완성해나갔다.

그러던 어느 날 선배가 "준비를 철저히 하면 인터뷰가 무섭지 않을 거야"라고 일러주었다. 그 후로 인터뷰에 나서기 전에 시간이 허락하는 한 인터뷰 상대에 대해, 취재 주제에 대해 꼼꼼하게 조사했다.

말하기 전문가들의 지혜를 모은 이 책에서 효과 있는 말하기 요령을 한 가지만 꼽으라면 나는 '준비'(21위)를 들겠다.

풋내기였던 그때로부터 30년이 지난 지금, 나는 분도(文道, 2018년 후지요시 유타카와 공동으로 창업한 '글에 관한 모든 것을 가르치는' 회사)가 개최하는 글쓰기 강좌 강사로서 사람들에게 말하는 일을 하고 있다.

20대 시절, 인터뷰 상대가 도중에 갑자기 돌아가버려 울상이 되었던 나 자신에게 지금 한마디 해줄 수 있다면 이렇게 말해주고 싶다.

"괜찮아, 잘 말할 수 있을 거야."

젊은 날의 나처럼 말하는 데 부담을 느껴 이 책을 집어 든 사람이 있다면 똑같이 말해주고 싶다.

'말하기'는 즐거운 일이다

분도의 글쓰기 강좌에는 인터뷰 기술에 관한 활동 시간도 있다. 참가자들이 서로 인터뷰하며 협업할 때 분위기가 가장 좋다. 그 시간에는 꺅꺅, 시끌벅적 소리로 내내 활기가 넘친다.

듣는 사람은 중간중간 호응하며 웃는 얼굴로 상대의 이야기를 듣는다.

말하는 사람도 밝은 표정으로 기분 좋게 대답을 이어간다.

'말한다'는 것이 즐거운 일임을 실감하는 시간이다.

'말하기'는 비즈니스뿐만 아니라 일상에서도 불가결한 요소다. 말을 잘하면 일상이 더욱 즐거워진다.

일상이 쌓여 인생이 되므로, 말을 잘하면 인생이 즐거워지는 것이다.

사이토 시게타는 『좋은 말이 좋은 인생을 만든다』의 머리말에 다음과 같이 적었다.

"내가 생각하기에 성공한 인생이냐 아니냐의 기준은 인생을 돌아봤을 때 '즐거웠다'고 대답할 수 있느냐 없느냐에 달려 있다."

'말하는 방법'을 다룬 베스트셀러를 읽고 요령이 너무 다채로워 새삼 놀랐다. 이를테면 고개를 어떻게 끄덕이는지가 중요하다고 언급한 책도 다수 있었다.

한 명 한 명의 말하기 전문가가 자기 나름의 노하우를 찾아내고 소개한다는 점에 주목할 필요가 있다. 그런 노하우를 이 책에 꾹꾹 눌러 담았다.

'이 정도는 해볼 수 있겠다' 싶은 요령 한두 가지라도 자기 것으로 만들어 대화가 즐겁고, 비즈니스에 보탬이 되며, 인생이 자신감 넘치기를 바란다.

끝까지 읽어주어 감사하다.

| 참고 도서 100권 목록 |

이 책은 아래 기준을 바탕으로 참고 도서를 수집하고 조사했다.

- 말하는 방법, 전달하는 방법 등 말하기를 주로 다루는 책.
- 1989년 이후 종이 또는 전자매체로 간행된 책(시대에 따라 요구되는 표현이 달라질 수 있기 때문).
- 베스트셀러·스테디셀러 책. 더 많은 사람이 받아들인 방식을 찾아내기 위해 판매 부수와 도서 평가를 기반으로 선정했다.

다만 위 기준을 만족하지 못하더라도 영향력이 크다고 판단한 아래 도서를 조사 대상에 포함했다.

- 1988년 이전에 간행된 커뮤니케이션 관련 책으로, 1989년 이후 베스트셀러, 스테디셀러로 인정받거나 연간 베스트셀러 순위에 포함된 책. 1989년 이후 개정판이 간행된 책.
- 코로나19 이후 급증한 온라인 커뮤니케이션 관련 책.
- 번역서에 이름을 남긴 변론가(키케로, 아리스토텔레스 등), 유명한 스피치(오바마 등)에 관련된 책.

• 도서 목록 (순서 없음)

1 이토 요이치 지음, 노경아 옮김, 『1분 전달력』, 움직이는서재, 2018년.
伊藤羊一, 『1分で話せ 世界のトップが絶賛した大事なことだけシンプルに伝える技術』, SBクリエイティブ.

2 이케가미 아키라 지음, 윤지나 옮김, 『단박에 통하는 전달의 힘』, 한언, 2008년.
池上彰, 『伝える力: 「話す」「書く」「聞く」能力が仕事を変える!』, PHP研究所.

3 이오타 다쓰나리 지음, 백운숙 옮김, 『말투 때문에 말투 덕분에』, 포레스트북스, 2019년.
五百田達成, 『話し方で損する人得する人』, ディスカヴァー・トゥエンティワン.

4 혼마 고스케 지음, 『야후의 1 on 1—부하를 성장시키는 커뮤니케이션 기술』.
本間浩輔, 『ヤフーの1on1: 部下を成長させるコミュニケーションの技法』, ダイヤモンド社.

5 오노 모에코 지음, 김소영 역, 『바꾸어 말하기』, 새로운제안, 2022년.
大野萌子, 『よけいなひと言を好かれるセリフに変える言いかえ図鑑』, サンマーク出版.

6 기류 미노루 지음, 이현욱 옮김, 『상대의 마음을 얻는 일류 대화법』, 산솔미디어, 2021년.
桐生稔, 『雑談の一流, 二流, 三流』, 明日香出版社.

7 나가마쓰 시게히사 지음, 노경아 옮김, 『말버릇을 바꾸니 운이 트이기 시작했다』, 갈매나무, 2020년.
永松茂久, 『人は話し方が9割: 1分で人を動かし, 100%好かれる話し方のコツ』, すばる舎.
8 시오쓰키 야에코 지음, 『품위 있게 말하는 법』.
塩月弥栄子, 『上品な話し方: 人をひきつけ自分を活かす』, 光文社.
9 우메다 사토시 지음, 유나현 옮김, 『말이 무기다』, 비즈니스북스, 2017년.
梅田悟司, 『「言葉にできる」は武器になる』, 日本経済新聞出版.
10 요시하라 다마오 지음, 『'더 대화하고' 싶어지는 사람의 44가지 법칙』.
吉原珠央, 『「もっと話したい!」と思われる人の44のルール』, 幻冬舎.
11 시부야 쇼조 지음, 이정환 옮김, 『사소하지만 강력한 말의 기술』, 나무생각, 2021년.
渋谷昌三, 『人を傷つける話し方, 人に喜ばれる話し方』, ワック.
12 시라가타 도시로 지음, 나희 옮김, 『입사 1년 차 교과서』, 살림Biz, 2012년.
白潟敏朗, 『仕事の「5力」』, 中経出版.
13 다나카 다가히코 지음, 신은주 옮김, 『저, 죄송한데 무슨 말인지 모르겠어요』, 더퀘스트, 2020년.
田中耕比古, 『一番伝わる説明の順番』, フォレスト出版.
14 하코다 다다아키 지음, 김미영 옮김, 『끌리는 사람들의 유쾌한 대화법』, 비즈로드, 2007년.
箱田忠昭, 『「できる人」の話し方&コミュニケーション術』, フォレスト出版.
15 제레미 도노반 지음, 김지향 옮김, 『TED 프레젠테이션』, 인사이트앤뷰, 2012년.
Jeremey Donovan, *How to Deliver a TED Talk*, McGraw-Hill Companies, 2012.
ジェレミー・ドノバン(著), 中西真雄美(訳), 『TEDトーク世界最高のプレゼン術』, 新潮社.
16 키케로 지음, 전영우 옮김, 『연설가에 대하여』, 민지사, 2013년.
キケロー(著), 大西英文(訳), 『弁論家について: 上·下』, 岩波書店.
17 카마인 갈로 지음, 김태훈 옮김, 『스티브 잡스 프레젠테이션의 비밀』, 알에이치코리아, 2010년.
Carmine Gallo, *Presntatn Secrets Steve Jobs*, McGraw-Hill, 2009년.

カーマイン·ガロ(著), 井口耕二(訳), 『スティーブ·ジョブズ驚異のプレゼン: 人々を惹きつける18の法則』, 日経BP.
18 야스다 다다시 지음, 황세정 옮김, 『시시하게 느낀 잡담이 어떻게 직장생활에 무기가 되는가』, 나라원, 2019년.
安田正, 『超一流の雑談力』, 文響社.
19 이케가미 아키라 지음, 『전달하는 힘 2—더 도움이 된다! '말하기'·'쓰기'·'듣기' 기술』.
池上彰, 『伝える力 2: もっと役立つ!「話す」「書く」「聞く」技術』, PHP研究所.
20 스기무라 타로·구마가이 도모히로 지음, 『절대 합격 2020 면접』.
杉村太郎·熊谷智宏, 『絶対内定2020 面接』, ダイヤモンド社.
21 데일 카네기 지음, 이은정 옮김, 『데일 카네기 성공대화론』, 미래지식, 2021년.
Dale Carnegie, *Public Speaking and Influencing Men in Business*, Association Press, 1937.
D. カーネギー(著), 東条健一(訳), 『話す力: 自分の言葉を引き出す方法』, 新潮社.
22 나이토 요시히토 지음, 『'호감형 인간'의 블랙 심리술—첫 대면에서 백 퍼센트 호감을 얻는 방법』.
内藤誼人, 『「人たらし」のブラック心理術 初対面で100%好感を持たせる方法』, 大和書房.
23 가가타 아키라 지음, 김창경 옮김, 『영업맨들이여 절대 부탁하지 마라』, 한국표준협회미디어, 2013년.
加賀田晃, 『営業マンは「お願い」するな!』, サンマーク出版.
24 오카모토 준코 지음, 정문주 옮김, 『세계 최고의 말하기 비법』, 스타리치북스, 2022년.
岡本純子, 『世界最高の話し方 1000人以上の社長·企業幹部の話し方を変えた!「伝説の家庭教師」が教える門外不出の50のルール』, 東洋経済新報社.
25 화제의 달인 클럽 엮음, 『능력 있는 어른의 말하기 비법 총정리』.
話題の達人倶楽部(編), 『できる大人のモノの言い方大全』, 青春出版社.
26 후쿠다 다케시 지음, 『사람은 말투로 90퍼센트 바뀐다』.
福田健, 『人は「話し方」で9割変わる』, 経済界.

27 요시다 히사노리 지음, 오화영 옮김, 『내가 입만 열면 왜 어색해질까?』, 지식여행, 2016년.
吉田尚記, 『なぜ, この人と話をすると楽になるのか』, 太田出版.
28 햐쿠타 나오키 지음, 『잡담력－스토리로 대화를 즐겁게』.
百田尚樹, 『雑談力: ストーリーで人を楽しませる』, PHP研究所.
29 히구치 유이치 지음, 홍성민 옮김, 『사람이 따르는 말 사람이 떠나는 말』, 북스캔, 2008년.
樋口裕一, 『頭がいい人, 悪い人の話し方』, PHP研究所.
30 스기야마 미나코 감수, 이토 미키 그림, 『말하기 매너와 요령』.
杉山美奈子(監修), 伊藤美樹(絵), 『話し方のマナーとコツ』, 学研.
31 사이토 시게타 지음, 『좋은 말이 좋은 인생을 만든다』.
斎藤茂太, 『いい言葉は, いい人生をつくる』, 成美堂出版.
32 유키 유 지음, 잼 그림, 『만화판: 살짝 슬쩍 재빨리 '되받아치는' 기술』.
ゆうきゆう(著), Jam (マンガ), 『マンガ版: ちょっとだけ·こっそり·素早く「言い返す」技術』, 三笠書房.
33 고노 에이타로 지음, 김선영 옮김, 『99%가 실천하지 않는 1%의 성공 비결』, 중앙북스, 2014년.
河野英太郎, 『99%の人がしていないたった1%の仕事のコツ』, ディスカヴァー·トゥエンティワン.
34 고자키 야스히로 지음, 『아들의 마음을 움직이는 훈육법·칭찬법』.
小﨑恭弘, 『男の子の本当に響く叱り方ほめ方: どうしたら言うことをちゃんと聞いてくれるの??』, すばる舎.
35 호시 와타루 지음, 김지윤 옮김, 『입만 열면 손해 보는 사람들을 위한 대화책』, 토네이도, 2021년.
星渉, 『神トーーク「伝え方しだい」で人生は思い通り』, KADOKAWA.
36 사이토 다카시, 아즈미 신이치로 지음, 『말하는 힘』.
齋藤孝·安住紳一郎, 『話すチカラ』, ダイヤモンド社.
37 노구치 사토시 지음, 『누구와도 15분 이상 대화가 끊이지 않는 66가지 Point』, 지식여행, 2010년.
野口敏, 『誰とでも15分以上会話がとぎれない!: 話し方66のルール』, すばる舎.

38 아가와 사와코 지음, 정미애 옮김, 『듣는 힘』, 흐름출판, 2013년.
阿川佐和子, 『聞く力: 心をひらく35のヒント』, 文藝春秋.

39 고바야시 야스오·후나비키 다케오 엮음, 오상현 옮김, 『지의 기법』, 경당, 2007년.
小林康夫·船曳建夫(編), 『知の技法: 東京大学教養学部「基礎演習」テキスト』, 東京大学出版会.

40 가모가시라 요시히토 지음, 『지금까지 아무도 알려주지 않았던, 사람들 앞에서 말하는 비법』.
鴨頭嘉人, 『今まで誰も教えてくれなかった人前で話す極意: 年間330講演プロの講演家が語るス ピーチのコツ』, かも出版.

41 오이카와 유키히사, 『전달법의 마술』.
及川幸久, 『伝え方の魔術: 集める·見抜く·表現する』, かんき出版.

42 데일 카네기 지음, 성공가이드센터 옮김, 『카네기 연설론』, 산수야, 2002년.
Dale Carnegie, *How to develop self-confidence and influence people by public speaking*, Pocket Books, 1956.
D·カーネギー(著), 市野安雄(訳), 『カーネギー話し方入門·文庫版』, 創元社.

43 노로 에이시로 지음, 신찬 옮김, 『인생이 술술 풀리는 말습관의 비밀』, 꼼지락, 2020년.
野呂エイシロウ, 『「話のおもしろい人」の法則: 話しベタでも人の心を"ワシづかみ" にできる48の話 し方』, アスコム.

44 나카타니 아키히로 지음, 『어떻게 저 사람은 사람들 앞에서 말을 잘할까』.
中谷彰宏, 『なぜあの人は人前で話すのがうまいのか』, ダイヤモンド社.

45 우오즈미 리에 지음, 『하루 만에 목소리까지 좋아지는 말하기 교과서』.
魚住りえ, 『たった1日で声まで良くなる話し方の教科書』, 東洋経済新報社.

46 아리스토텔레스 지음, 박문재 옮김, 『아리스토텔레스 수사학』, 현대지성, 2020년.
アリストテレス(著), 戸塚七郎(訳), 『弁論術』, 岩波書店.

47 오이시 데쓰유키 지음, 『컨설턴트 1년 차가 알아야 할 것』.
大石哲之, 『コンサル一年目が学ぶこと』, ディスカヴァー·トゥエンティワン.

48 나카타니 아키히로 지음, 『면접의 달인—바이블편』.

中谷彰宏,『面接の達人: バイブル版』, ダイヤモンド社.
49 히구치 유이치 지음,『단 1분 만에 자신감이 생기는 대화법』.
樋口裕一,『たった1分でできると思わせる話し方』, 幻冬舎.
50 히가시야마 히로히사 지음, 이규조 옮김,『듣기의 힘』, 모색, 2005년.
東山紘久,『プロカウンセラーの聞く技術』, 創元社.
51 사이토 다카시 지음, 장은정 옮김,『1분 감각』, 위즈덤하우스, 2011년.
齋藤孝,『1分で大切なことを伝える技術』, PHP研究所.
52 미타니 고지 지음,『단숨에 핵심을 전달하는 기술—논리적인 사람이 되는 가장 쉬운 사고법』.
三谷宏治,『一瞬で大切なことを伝える技術: 論理的な人になれる世界一シンプルな思考法』, かんき出版.
53 쓰루노 미쓰시게 지음,『'바로' 써먹는 똑똑한 설명법』.
鶴野充茂,『頭のいい説明「すぐできる」コツ』, 三笠書房.
54 와다 히로미 지음, 황정순 옮김,『기분 좋게 설득하는 대화법』, 새론북스, 2008년.
和田裕美,『和田裕美の人に好かれる話し方: 愛されキャラで人生が変わる!』, 大和書 房.
55 도다 구미 지음, 이와이 도시노리 감수, 이정환 옮김,『가슴에 바로 전달되는 아들러식 대화법』, 나무생각, 2015년.
戸田久実(著), 岩井俊憲(監修),『アドラー流たった1分で伝わる言い方』, かんき出版.
56 아가와 사와코 원저, 류랑도 편저, 오화영 옮김,『혼나는 힘』, 흐름출판, 2015년.
阿川佐和子,『叱られる力: 聞く力 2』, 文藝春秋.
57 가나모리 다카코 지음, 니시데 히로코 감수,『입사 1년 차 비즈니스 매너 교과서—일러스트로 완벽 이해』.
金森たかこ(著), 西出ひろ子(監修),『入社1年目ビジネスマナーの教科書: イラストでまるわかり!』, プレジデント社.
58 후쿠다 다케시 지음, 송수영 옮김,『여자는 말하는 법으로 90% 바뀐다』, 이아소, 2018년.

福田健,『女性は「話し方」で9割変わる』, 経済界.
59 도쓰카 다카마사 지음, 이정미 옮김,『세계 최고의 인재들은 어떤 루틴으로 일할까』, 더퀘스트, 2021년.
戸塚隆将,『世界のエリートはなぜ,「この基本」を大事にするのか?』, 朝日新聞出版.
60 가바사와 시온 지음, 전경아 옮김,『아웃풋 트레이닝』, 토마토출판사, 2019년.
樺沢紫苑,『学びを結果に変えるアウトプット大全』, サンクチュアリ出版.
61 가타다 다마미 지음, 이주희 옮김,『아, 그때 이렇게 말할걸!』, 동양북스, 2019년.
片田珠美,『賢く「言い返す」技術』, 三笠書房.
62 사쿠라이 히로시 감수,『어른이라면 알아야 할 화법 완벽 노트』.
櫻井弘(監修),『大人なら知っておきたいモノの言い方サクッとノート』, 永岡書店.
63 고야마 노보루 지음,『돈 잘 버는 사장의 커뮤니케이션 철칙』.
小山昇,『儲かる会社のコミュニケーションの鉄則』, 朝日新聞出版.
64 이오타 다쓰나리 지음, 황소연 옮김,『남심탐구 여심탐구』, 지식너머, 2016년.
五百田達成,『察しない男説明しない女: 男に通じる話し方女に伝わる話し方』, ディスカヴァー·トゥエンティワン.
65 사사키 게이치 지음, 홍성민 옮김,『전달의 기술』, 한국경제신문사, 2014년.
佐々木圭一,『伝え方が9割』, ダイヤモンド社.
66 이오타 다쓰나리 지음, 민혜진 옮김,『한마디 먼저 건넸을 뿐인데』, 동양북스, 2020년.
五百田達成,『超雑談力: 人づきあいがラクになる誰とでも信頼関係が築ける』, ディスカヴァー·トゥエンティワン.
67 야스다 다다시 지음,『초일류 잡담력—초실전편』.
安田正,『超一流の雑談力: 超·実践編』, 文響社.
68 후지사와 고지 지음,『'쉽게 설명하는' 기술—최강 프레젠테이션의 15가지 법칙』.
藤沢晃治,『「分かりやすい説明」の技術: 最強のプレゼンテーション15のルール』, 講談社.
69 사이토 다카시 지음, 장은주 옮김,『잡담이 능력이다』, 위즈덤하우스, 2014년.

齋藤孝, 『雑談力が上がる話し方: 30秒でうちとける会話のルール』, ダイヤモンド社.
70 하시모토 도루 지음, 『교섭력—결과가 달라지는 대화법·사고법』.
橋下徹, 『交渉力: 結果が変わる伝え方·考え方』, PHP研究所.
71 미우라 다카히로 지음, 김영혜 옮김, 『언어화의 힘』, 시그마북스, 2020년.
三浦崇宏, 『言語化力: 言葉にできれば人生は変わる』, SBクリエイティブ.
72 야마구치 요지 지음, 『어휘력 없이 사회인이 된 사람에게』.
山口謠司, 『語彙力がないまま社会人になってしまった人へ』, ワニブックス.
73 사이토 다카시 지음, 『사람을 10분 끌어당기는 말하기』.
齋藤孝, 『人を10分ひきつける話す力』, 大和書房.
74 히라타 오리자 지음, 『서로를 이해하지 못해서』.
平田オリザ, 『わかりあえないことから: コミュニケーション能力とは何か』, 講談社.
75 사사키 게이치 지음, 황선종 옮김, 『인생이 바뀌는 말습관』, 한국경제신문사, 2017년.
佐々木圭一, 『伝え方が9割: 2』, ダイヤモンド社.
76 스나이 에미 지음, 『'잘 자란 사람'만 아는 것』.
諏内えみ, 『「育ちがいい人」だけが知っていること』, ダイヤモンド社.
77 야노 가오리 지음, 『온라인 '전달법'은 이것이 다르다!』.
矢野香, 『オンラインでの「伝え方」ココが違います!』, すばる舎.
78 제이 하인리히 지음, 하윤숙 옮김, 『유쾌한 설득학』, 세계사, 2008년.
Jay Heinrichs, *Thank You for Arguing*, Three Rivers Press, 2007.
ジェイ·ハインリックス(著), 多賀谷正子(訳), 『THE RHETORIC: 人生の武器としての伝える技術』, ポプラ社.
79 사이토 다카시 지음, 『어른의 어휘력 노트—누구나 자신감이 생긴다』.
齋藤孝, 『大人の語彙力ノート: 誰からも「できる!」と思われる』, SBクリエイティブ.
80 다카하시 고지 지음, 『일본 고유어를 아름답게 말하기—마음이 통하는 일본식 표현』.
高橋こうじ, 『日本の大和言葉を美しく話す: こころが通じる和の表現』, 東邦出版.
81 아사다 스구루 지음, 정혜주 옮김, 『내 말은 왜 통하지 않을까』, 동양북스,

2017년.

浅田すぐる, 『「いまの説明, わかりやすいね!」と言われるコツ』, サンマーク出版.

82 이케가미 아키라 지음, 이윤영 옮김, 『90초 스피치』, 흐름출판, 2011년.

池上彰, 『わかりやすく〈伝える〉技術』, 講談社.

83 고바야시 쇼헤이·야마모토 슈지·미즈노 게이야 지음, 『웃기는 기술』.

小林昌平·山本周嗣·水野敬也, 『ウケる技術』, 新潮社.

84 무로키 오스시 그림, 『발표를 잘하게 된다—스피치부터 프레젠테이션까지』.

室木おすし(マンガ·イ ラスト), 『発表がうまくなる: スピーチからプレゼンテーションまで』, 旺文社.

85 시마무라 하나코 지음, 김은선 옮김, 『조건 없이 존중하는 엄마의 말』, 더난출판사, 2021년.

島村華子, 『自分でできる子に育つほめ方叱り方: モンテッソーリ教育·レッジョ·エミリア教育を知り尽くしたオックスフォード児童発達学博士が語る』, ディスカヴァー·トゥエンティワン.

86 야마다 즈니 지음, 『당신의 말은 왜 '통하지' 않을까』.

山田ズーニー, 『あなたの話はなぜ「通じない」のか』, 筑摩書房.

87 게리 스펜스 지음, 이순주 옮김, 『설득 마음을 움직이는 전략』, 세종서적, 2003년.

Gerry Spence, *How to Argue and Win Every Time*, St Martins Pr, 1995.

ゲーリー·スペンス(著), 松尾翼(訳), 『議論に絶対負けない法』, 三笠書房.

88 도다 구미 지음, 『분노 조절 1분으로 해결! 화내지 않고 말하는 법』.

戸田久実, 『アンガーマネジメント 1分で解決! 怒らない伝え方』, かんき出版.

89 바바라 베르크한 지음, 박희연 옮김, 『화나면 흥분하는 사람 화날수록 침착한 사람』, 청림출판, 2002년.

Barbara Berckhan, *Die etwas intelligentere art, sich gegen dumme spruche zu wehren*.

バルバラ·ベルクハン(著), 瀬野文教(訳), 『アタマにくる一言へのとっさの対応術』, 草思社.

90 아카하시 다이지 지음, 오오타 도모코 그림, 『육아 해피 어드바이스 사랑이

느껴지는 칭찬법·꾸중법』.
明橋大二(著), 太田 知子(イラスト), 『子育てハッピーアドバイス大好き!が伝わるほめ方·叱り方』, 1万年堂出版.

91 다이고 지음, 이지현 옮김, 『스틸-상대의 마음을 훔치는 비즈니스 전략』, 시그마북스, 2015년.
DaiGo, 『一瞬でYESを引き出す心理戦略。』, ダイヤモンド社.

92 우메다 사토시 지음, 『마음을 '말로 표현하는' 마법 노트-'말이 무기다' 실전편』.
梅田悟司, 『気持ちを「言葉にできる」魔法のノート:「言葉にできる」は武器になる。実践編』, 日本経済新聞出版.

93 김무귀 지음, 장은주 옮김, 『최고들의 일머리 법칙』, 리더스북, 2017년.
ムーギー·キム, 『最強の働き方: 世界中の上司に怒られ, 凄すぎる部下·同僚に学んだ77の教訓 新人からベテランまですべての段階で差をつける』, 東洋経済新報社.

94 사이토 다카시 지음, 남소영 옮김, 『사이토 다카시의 질문의 힘』, 루비박스, 2017년.
齋藤孝, 『質問力: 話し上手はここがちがう』, 筑摩書房.

95 사이토 다카시 지음, 정은영 옮김, 『코멘트력』, 명진출판사, 2005년.
齋藤孝, 『コメント力「できる人」はここがちがう』, 筑摩書房.

96 데라다 유키 지음, 『대치력-언제나 당당할 수 있는 커뮤니케이션 기술』.
寺田有希, 『対峙力: 誰にでも堂々と振る舞えるコミュニケーション術』, クロスメディ ア·パブリッシング.

97 사토 마사히로 지음, 『일반인이 최강 영업맨으로 바뀌는 마법의 문장』.
佐藤昌弘, 『凡人が最強営業マンに変わる魔法のセールストーク』, 日本実業出版社.

98 아베 고타로 지음, 『카피라이터가 아니어도 쓸모 있는 매력적 초언어술』.
阿部広太郎, 『コピーライターじゃなくても知っておきたい心をつかむ超言葉術』, ダイヤモンド社.

99 야마다 즈니 지음, 『말하는 힘을 기르는 책』.
山田ズーニー, 『話すチカラをつくる本』, 三笠書房.

100 히구치 유이치 지음, 『머리 좋은 사람, 머리 나쁜 사람의 변명법』.
樋口裕一, 『頭がいい人, 悪い人の〈言い訳〉術』, PHP研究所.
101 버락 오바마 지음, CNN English express 편집부 편집, 『대역 오바마 연설집』.
オバマ(述), CNN English express 編集部(編), 『「対訳」オバマ演説集』, 朝日出版社.
102 후쿠다 다케시 지음, 『아이는 '말하는 법'으로 90퍼센트 바뀐다』.
福田健, 『子どもは「話し方」で9割変わる』, 経済界.
103 다카다 다카히사 지음, 김성빈 옮김, 『회사가 원하는 '제안의 기술'』, 에이지21, 2007년.
高田貴久, 『ロジカル·プレゼンテーション: 自分の考えを効果的に伝える戦略コンサルタントの「提案の技術」』, 英治出版.
104 야노 가오리 지음, 『그 말투는 너무 가볍다!—리더들이 연습하는 '사람들 앞에서 말하는 기술'』.
矢野香, 『その話し方では軽すぎます!: エグゼクティブが鍛えている「人前で話す技法」』, すばる舎.

| 감사의 말 |

이 책이 나오기까지 많은 분이 도움을 주셨다. 편집을 맡은 닛케이BP의 미야모토 사오리 님은 탁월한 리더십과 꼼꼼하고 신속한 일 처리, 엄청난 배려심으로 우리를 이끌어주셨다. 후지요시와 오가와가 가장 신뢰하는 편집 디자이너인 클로로스의 사이토 미쓰루 님은 '읽고 싶은 디자인'으로 이 책을 더욱 돋보이게 해주었다. 표지 디자인을 담당해준 크란(krran)의 니시타루미 아쓰시 님과 마쓰야마 치히로 님의 수고에도 감사드린다.

주식회사 분도의 이름을 지어주신 다이소잔 후쿠곤지(大叢山福厳寺)의 다이구 겐쇼 주지스님, 항상 분도와 함께해주는 나란다출판의 히로세 지테쓰 님, 분도의 활동을 응원해주는 '풍족한 여자 모임(富女子会)' 주최자인 와이즈 아카데미의 나가타 유조 님의 애정과 도움도 너무나 고맙다. 그리고 이 책에서 언급한 도서 100권의 저자들과 이 책을 선택한 독자들에게도 감사의 말씀을 드린다.

마지막으로, 늘 버팀목이 되어주는 후지요시와 오가와의 가족에게 감사를 전한다.

품격을 높이는 말의 기술

초판 1쇄 인쇄 | 2023년 9월 10일
초판 1쇄 발행 | 2023년 9월 15일
지은이 | 후지요시 유타카·오가와 마리코
옮긴이 | 최화연
펴낸이 | 조승식
펴낸곳 | 도서출판 북스힐
등록 | 1998년 7월 28일 제22-457호
주소 | 서울시 강북구 한천로 153길 17
전화 | 02-994-0071
팩스 | 02-994-0073
홈페이지 | www.bookshill.com
이메일 | bookshill@bookshill.com

정가 16,000원
ISBN 979-11-5971-507-5